时间的抽屉

胡理勇 著

山西出版传媒集团 北岳文艺出版社

·太原·

图书在版编目(CIP)数据

时间的抽屉 / 胡理勇著 . —太原：北岳文艺出版社，2024.1

ISBN 978-7-5378-6829-7

Ⅰ．①时… Ⅱ．①胡… Ⅲ．①诗集—中国—当代 Ⅳ．① I227

中国国家版本馆 CIP 数据核字（2024）第 007254 号

时间的抽屉

胡理勇 / 著

//

出品人
郭文礼

选题策划
左树涛

责任编辑
左树涛
赵　勤

书籍设计
石媛元

印装监制
郭　勇

出版发行：山西出版传媒集团・北岳文艺出版社
地址：山西省太原市并州南路 57 号
邮编：030012
电话：0351-5628696（发行部）　0351-5628688（总编室）
传真：0351-5628680
经销商：新华书店
印刷装订：山西润金容印业有限公司
开本：889mm×1194mm　1/32
字数：232 千字
印张：10.875
版次：2024 年 1 月第 1 版
印次：2024 年 1 月山西第 1 次印刷
书号：ISBN 978-7-5378-6829-7
定价：78.00 元

本书版权为本社独家所有，未经本社同意不得转载、摘编或复制

序 /

回归之诗

李郁葱

对于某些人而言，文学是一种返回和召唤。它总会在恰当的时候，以某种不经意的方式改变个体的走向。他的生活似乎还是一如既往，但一些坚定的事物出现在他的生命之中，并以文字的形式呈现出来。"枝头上，突然多了各色的鸟／好像在练习歌曲／歌声嘹亮，饱含深情／它们捕捉到了春的气息"（《春的气息》）。胡理勇的诗句，似乎意味着属于他的另一个春天的到来。

在这种意义上，胡理勇的这种返回（在文字中再次勇敢开始的征程），就是候鸟返回旧时的巢穴，在隐喻的意象之后，他重新厘清了自己的内心，但到底是什么让他做出这样的选择？除了一些客观和外在的元素之外，一定有发自内心的驱动。这种驱动或许是他写作行为的源泉。作为生活中的好朋友，我们所认知的世界，更多的时候就是身边的有限的人的感知和生活。

在这种小世界里,理勇有种固执的温暖,源于他的本性。但这种固执一旦进入诗中,可以让我们读到他对人世的一瞥,有温情,也有批判。

这册即将面世的诗集,分为四辑,如果按照分类学的标准,我们大体可以这样归纳:第一辑《春的气息》,以时间和节气为载体,描述着理勇个人所认同的世界;第二辑《出发》,是在历史和地域中的一种精神历险;第三辑《呐喊》,则是在人物和自然的心声中折射出理勇个人的镜像;第四辑《憧憬》,是对个体返回的凝眸。

理勇的这种姿态,可以从他的诗《河边》中略见端倪:

> 河边安排了一块石头,让我坐下
> 河水披着长发,潇洒而去——
> 因寒冷,显得格外明净
> 漂浮物就像许多往事,不再被关注
> 对岸的水杉,伟岸挺拔。无数枝条
> 像无数双手,为我顶着低矮的天空
> 好几棵岸柳,像身披袈裟的高僧
> 双手合十。在为谁祈祷?

时间如河,在滔滔不绝中蜿蜒。站在时间之侧端详,那些岸边的树都是符号和指认,像是我们所邂逅之人和事。在随后而来的诗行中，犹如生命的进程："枫叶彻底地红了，红得恰是时候 / 我荒芜的岁月被点燃了。"我们可以把这当作是理勇在中年之后重新所开启的文学之门的象征。作为一个酷嗜哲学和历史读物的中年人，一个历经生活沧桑而犹有余温的男人，理勇既有客观中的果敢，也带有欲说还休、更上层楼的犹豫。在此后的诗行中，他的诗从斑驳之境回归到一种澄澈：

    这些树，相互端详，十分美好
    以各自的形态，注释着生命的不朽
    它们在风中交头接耳。它们想什么
    流水不知，我也不知
    我沉思默想的样子，成了鸟的笑料

在这里，理勇有节制和自嘲，更多的是一种洒脱。这和他的生活理念有着一种契合。这首诗，让人想到大师沃尔科特被引用得非常频繁的《爱之后的爱》中的几句："你会重新爱上这个曾经是你的陌生人。/ 给他酒喝，给他饭吃。把你的心 / 还给它自己，还给这个爱了你一生，/ 被你因别人而忽视 / 却一直用心记着你的陌生人。"

而这种节奏和内在的河水之流向，为整册诗集定下了基调：带着对美好的眷顾，把这些情愫体现在他对题材的把握上，整册诗集呈现出一种奇异的火焰，犹如祈祷，一种秘密的、充满想象力的文字喷涌而出，它们在有时直白有时晦暗中，积淀出诗的意蕴。推敲之间，我们可以读到，理勇羡慕于云之高蹈，又执着于石之坚韧。在字与字之间，在词与词之中，在天籁般的旋律间，人生的细节被隐藏在文字之后，像是隐约的面庞。它传递出一种精神张力：对于交流和沟通的需求，是轻和重有趣的对峙，是逃逸和留下之间的生活影像。

这种写作并不彻底，如同我们大多数的人生。人至中年，对于生命的领悟已逐渐通透，但能否破茧化蝶却要看个人的造化和修为。理勇对诗之热爱无疑是"重"的：他巨大的热情带来丰沛的创作量，尽管荣萎参差不齐，但巨大的创作量有时能够带来作品的斑驳，就像春日植物的葳蕤让绿色在这个季节游刃有余。

在这种用力之余，很多时候，当我们沉浸其间，却需要开始懂得四两拨千斤的技巧，那是语言中的轻，和之前的"重"能够闭合为诗的自足。理勇有这样的诗句，虽然显得漫不经心，但有时却让人欢喜，比如，在《清芬》一诗中，他近乎喃喃自语："人喜欢群居。都是孤独的灵魂/ 万物皆然/ 那些花朵，你逗逗它们/ 便开得更艳，更开心/ 没酿造香的樱花，也吐清芬。"

在与《清芬》类似的如《一朵花》等篇章中，这些情绪会很自然地流露出来。这些诗，是理勇诗歌中的一极：他生活化和世俗化的脸谱。这一个侧面是一种平衡，好在理勇也有类似这样的诗句——"喧嚣是种病。之后，需要宁静/ 繁忙，需要缩短距离/ 生命，需要准备第二通道/ 让老的负责美丽，让新的努力工作/ 任何安排不会令所有人都满意。"

这些创作本身并不完善，我们可以找到很多分析和完善的角度。但在我看来，这恰恰构成了诗人胡理勇在当下的一种真实：他的诗歌生命。

在高低起伏和抑扬顿挫中，诗成为一种偷渡的源头，诗成就了自身的丰富。写到这里，我突然想到了一个场景：多半是在酒局进入尾声，在座的友人都已半酣之时，往往会有朋友要求朗诵，而理勇此时会自告奋勇，他认为自己温州腔的普通话非常标准。

此时，他会手舞足蹈，有时候，灯光让他的影子呈现出一种夸张的姿态，而诗句在他"有距离的普通话"中游弋，神奇地在我们的耳蜗里引起共鸣。有缺点的朗诵是真实的，就像有缺点的诗。我们不可能做到面面俱到，但我们可以用热爱掩盖一些缺陷，像他从酒杯中所感悟到的，把酒杯换成诗同样是成立的，因为可以浇块垒，"最完整的酒杯，没有酒/不能称为真正的杯子/当然，杯子，不仅仅装酒/还装眼泪，装热血/杯里，乾坤有多大就有多大"。

一只白鹭背着暮春，在溪上飞
它要飞往夏天
它在溪畔歇着的时候，被一声断喝惊起
怕它留恋水中的倒影

依然是那个在岸边看云的人,但在以《白鹭,在溪上飞》等为代表的诗中,理勇进入了另外一种转换自如的境界。而这样的诗句,提供给我们的不仅仅是经验和对生命的品味,更凸显出对个体自身的审视和平衡能力,"它背负着暮春,像背负希望/在它冲向天空的刹那,白色的身影/就像一道晃眼的白光/它身下的大地,一下子亮了许多"。

这种白鹭的明亮带来的是一种经验的返回:理勇写出了他的返回之诗。这白鹭也许一直沿着溪岸飞。在它的飞掠过程中,溪边草木枯荣循环,这并不重要。白鹭也许是之前所见过无数次的那只白鹭,也许只是镜像之一。两岸的青山依旧,但在看白鹭的人这里,青山走出了童年。走出童年的青山是什么?是一种存在和天赋中的歌唱之音,是以文字之轻盈对抗阴影之沉重。

在理勇的视野中,和白鹭相对的是《笼中鸟》。他对它带有悲悯之意:"一只鸟,在笼子里被养着,似囚徒/但它很满足目前的处境/不担心有饥饿之虞,有焦渴之忧……"但这首诗是一首失败的杰作。作为一个隐喻,它原本可以写得更为克制而隐忍,而理勇用他一贯的铿锵和对常识的独白,描摹了相对白鹭的另一种镜像。这种扭曲和矛盾在生活中也许比比皆是,但诗歌要把这种表象捕捉到文字的深处,它会抵达人性的幽邃处。在这种意义上,理勇的诗尚待完成。

当一首诗完成,无论它是否能成为被传诵的杰作,对于诗人而言,这首诗是一次有限度的回归。很多时候,我们要处理的远比一首完美之诗复杂和开阔得多，只有明白了这一点，我们才能够让诗和自身合二为一。

2023 年 4 月 10 日

目录

第一辑　春的气息

003　依赖症
004　候　鸟
005　转　身
007　春的气息
008　牛年的终结
009　正月初三，天地吵架
010　正月初五，立春翌日
011　正月初六，鸟鸣涧
012　正月初七，大雪纷飞
013　春的信息
014　雨　种
015　季　节

016　和平之光

017　踏　青

018　清　芬

019　希望，在逼近

020　走出绝望

021　为春天祈祷

022　一朵花

023　清明时节

025　画　家

027　回　眸

028　吹哨人角色

029　误入森林

031　用来折腾的青春

032　善良的阳光

033　城市的格局

034　蝴蝶花

035　正午时分

036　河　边

037　逃　离

039　清　晨

040　白茶花

041　石　鲷

043　白鹭，在溪上飞

044　晚　归

046　酒窖里的蛐蛐

047　遇见螳螂

第二辑　出发

051　捎给岛的祝福

052　在海岛上

053　海上堡垒

054　蔚蓝的锦缎

055　怒　潮

056　孤　岛

058　海上作钓

059　孤悬海上

060　渔山岛

061　信　使

062　渔　港

064　海边的乌岩村

065　观　海

066　涛　声

068　一湖的时间

070　看　花

071　千岛湖的美好时光

072　白小线上

074　湘湖边的暮思

076　湘湖的过客

078　诸暨五泄吟留别

079　云上居

081　百源山庄的孤独

082　布谷湖

083　越中的山

085　越城的脊骨

086　镜湖，或鉴湖

088　太阳照在越王墓上

090　我眼中的十九峰

091　对　弈

092　天一生水

093　灵魂栖息地

095　追蹑王安石的足迹

096　钱塘江边

097　富春江畔

098　荷花的火炬

099　下赵水蜜桃

100　古大通寺

101　在西溪影视拍摄基地

102　这片土地

- 103 田　庐
- 104 乡村坛头景物
- 106 窑　变
- 108 在田庐夜饮
- 109 田庐和潘午潭
- 110 武义的荷花
- 111 明招山的高大上
- 113 经过宝石山
- 115 白　堤
- 116 苏　堤
- 117 苍穹的盾牌
- 118 旅　游
- 120 英雄传说
- 121 记一次草原日落
- 122 草原沙化的原因
- 124 发现元上都
- 126 我了解的草原
- 127 野狼谷
- 128 草原上遇雨
- 129 草原上的篝火
- 131 草原上真正的主人
- 133 告别草原
- 135 渔浦渡

136　欢　潭

137　跨湖桥考古

139　跨湖桥：一只蛏子

141　跨湖桥：一支木桨

143　跨湖桥：陶器

144　洛塘河，悄然无声

146　观　潮

148　梁家墩的秋意

149　舞　台

150　在红寺堡

151　水洞沟先民遗址

152　一段明长城

153　仰望贺兰山

154　塞上江南

155　西夏王陵

156　贺兰山和我合影

158　沙漠里的湖

159　睡在贺兰山麓

160　塞上的雨

161　贺兰山下品红酒

162　石　磨

163　塞上杨柳依依

164　干杯，在古西夏的土地上

165　台州狮子山

166　在狮子山的注视下

167　溪上村行

168　雨中鹿城

169　华盖山上怀谢灵运

170　江心屿

171　塘栖行

172　梦中超山

173　悠悠古海塘

175　另眼相看丁山湖

176　大运河第二通道

177　临平道中

179　古镇甪直之晨

180　甪直的河网

182　甪直保圣寺的银杏树

184　满城飘着桂花香

185　甪　端

187　宝石山

第三辑　呐喊

191　挣　扎

192　突　围

194 拯　救

195 呐　喊

196 自恋的叶子

197 风　暴

198 哀　歌

200 力　量

202 冷　了

203 青藤老人

204 越大夫文种

206 谒叶圣陶墓

207 永嘉大师

208 水心先生

209 浩然楼

210 父亲的骰子

211 大山的力量

212 潮　汛

213 精神鸦片

215 欲　望

216 坟墓边上的花朵

218 我怕自己丢了

219 生命之树

221 丑　陋

222 夜里看山

223　永远的欲望

224　雪后初霁

225　冬雷震震

227　残荷的艺术

229　落叶的信号

231　高　度

233　树的一生

234　豪饮受降镇上

235　笼中鸟

236　犯罪行为

237　中秋：怀念

238　老天爷

239　像一道闪电

240　门　槛

241　天　问

242　道　闸

244　庄　稼

245　山　洪

第四辑　憧憬

249　重要礼物

250　憧　憬

251　欠江南的一场雪

252　下雪了

253　简单的幸福

254　好酒，同山烧

256　杯里乾坤

257　钓客形象

258　钓客情话

259　高铁上

260　步出动车车厢

261　子夜的凿岩机

262　舅　舅

264　山乡的小溪

265　沙

267　深　夜

268　抽　屉

270　小　庙

271　蝉　唱

272　农　民

273　锄　地

274　掘墓人

275　约　定

277　布袋和尚

279　酱缸文化

280　长歪了的

281　名字的背后

282　天穹的喉管

283　岁月之门

284　寒露之夜

285　金秋的福利

286　初冬：凉

287　大山的包袱

289　山　中

290　节气的结

292　果　树

293　绽放在寒风中的花朵

295　寒潭雁影

296　大雪的预言

298　雪　占

299　雪落无声

300　雾中远眺

302　文明之光

303　永恒：灵魂复活

305　秋天的小偷

306　湖畔小憩

307　渡　轮

308　冬天的盛宴：色彩

310 静 气
311 相 逢
313 深冬即景

315 **后 记**

第一辑 春的气息

依赖症

鹁鸪鸟的叫声,是特意设置的闹钟
每天早晨,太阳会按时醒来
我会在梦河里被拯救

闹钟,也有失灵的时候
阳光,早早地来到床边,抚摸我的脸
我仍在梦的湖畔徘徊

我成了一个没人叫醒的人
难道没人担心我再沉睡百年、千年
而历史的车轮,早碾过我的梦境

不禁担心起鹁鸪鸟的命运——
露凝霜重,冻结了它的万里图南
或成了某个神坛的祭品

不禁担心起自己的命运
我在犹豫不决——
先治嗜睡症,或先治严重的依赖症

2022 年 1 月 14 日

候　鸟

从西伯利亚、北冰洋出发
翅膀早已锻造，具有铁的性质
一振翅，天地为之改容
不惧倒着飞，修改了回眸的频次
扔下无数凄叫，让故乡回味

学会逃离，它们祖先用死亡
堆积起来的生存秘籍，渐渐融进
血液，竟成了生命基因
它们时刻准备着
一到时间，就会有触电般的反应

逃离，除非迫不得已——
大地被冻，河流被封，山林被占领
前方也没有应许之地
朔风，像追兵，紧追不舍
枪口，忘了"弋不射宿"，也没闲着

我所说的候鸟，不仅仅指天鹅之类

2022 年 1 月 18 日

转 身

只有婴儿才不会转身
除非睡着了,不然
就哭着闹腾,或笑着讨好
躺平的感觉,很不好

人生会有无数次转身
这里所说,不限于睡梦中

一条道不能走到黑
路会撞山,会遇断崖

不转身,怎么会发现背后
是敌人,或者美女

一些人,死得很难看
谨防背后偷袭

华丽的转身,才被称道

运动员在高台跳水

那转身,像大雁振翻蓝天

2022 年 1 月 20 日

春的气息

枝头上,突然多了各色的鸟
好像在练习歌曲
歌声嘹亮,饱含深情
它们捕捉到了春的气息

在它们的歌声里,仍能听到
冬天遗留的伤害
灰色,没来得及擦掉

我还听到了迫切
对新生活的向往
都有了穿窬去窃春光的决心

深冬是个泥潭,我没拔出来
隔着门缝,春姑娘
已给我足够暗示
可是,我愣是没发现

2022 年 1 月 21 日

牛年的终结

我从家里出发,在西湖边上
清点了几只野鸭,撩拨了几株水草
西边进,东边回,用一个句号
送给最后一天,送给这一年

一年的最后一顿饭,叫年夜饭
是锅瓢碗筷的合唱
是红酒、白酒、啤酒的碰杯
要隆重,要阔气,要热闹
一年的艰苦卓绝,为了最后的嘚瑟

最重要的任务,是守岁
最后几小时,枝节不能横生
寂寞侵扰时,要放鞭炮助威壮胆
想起一年来的滚打摸爬
有人,悲从中来。有人眉飞喜色

牛年的终结,我非最后一人

2022 年 2 月 1 日

正月初三，天地吵架

天地吵架，纷纷扬扬下起了雪
雪一下，就万籁俱寂
明天，肯定是个粉妆的世界
我满怀期待，翻了几页书，沉沉睡去

盼望下雪，在雪乡的人看来
这是一种变态心理
雪花，溪水潺潺，松林里风的絮语
满足了欲望，才会回过头来欣赏

做了虎年首梦：悬在半空的灵魂
俯瞰自己的肉体，在茫茫雪原上彳亍
那移动的小黑点，像陷于困顿的熊
足迹，弯弯斜斜，画不成一条直线

许是情绪酝酿不够，或半夜握手言和
我梦醒时分，已是早晨
我辜负了雪，或是雪辜负了我
世界没变得更好，树仍泪水涟涟

2022 年 2 月 3 日

正月初五,立春翌日

立春了,温暖又回到大地
回到人的心上,真想像梧桐树一样
张开粗壮的手臂,拥抱天空
拥抱砸开雾霾俯冲而来的阳光

立春了,又进入了季节循环
不断地循环,不断地结束、开始
把生命,一次次加厚
又一次次地削薄,像刨薄一块木板

必须重新提倡顺从
如果对顺从的规则,都要提出异议
权威,又如何确立
安时处顺,古老的哲学青春焕发

每人都举着悲喜交加的面孔
二月的一缕缕阳光,在不断加长
潮湿的风,像喝醉了一样
公园里、湖堤上,连条凳都懒洋洋

2022 年 2 月 5 日

正月初六,鸟鸣涧

没有恶意,只想分享这里的静
想奉献雨后我美好的心情
一切都悄悄地进行
举手投足,都分外谨慎

山,背着路。路,驮着我
没路的山,是荒山
没足音的路,是野径
我们都在创造历史,改写历史

我成功地引起了斑鸠的婉转
灰喜鹊的不安
麻雀受惊,像箭一样射向天空
乌鸦嘴,把山推进恐惧的深渊

没有虫鸣,没有蛙声
它们不是沉默者,而是沉睡者
枯枝、败叶,温暖着山体
草在泛青,已有喜的脉象

2022 年 2 月 6 日

正月初七,大雪纷飞

门前刚有点积雪,大扫把
就不合时宜地勤奋起来
绝不容忍把污秽、缺点掩盖
绝不容忍粉饰太平

冬天,需要一场雪做注脚
仅仅结水成冰,是不够的
童年,需要一场雪
留下歪歪斜斜成长的脚印
成年,也需要一场雪
打雪仗,堆雪人,重温天真无邪

确实,我们要直面惨淡的人生
可是,天天审丑,太疲劳了
给我们一个完美的世界
一刻钟也好
让希望,在绝望中反弹

2022 年 2 月 7 日

春的信息

在严冬的铁屋里,悄悄地递出
春的信息

茶花,还是茶花
鲜红的吻里,暗藏天堂
寒冷中的笑,充满了温暖

腊梅,还是腊梅
光明正大地派发暗香
每一缕,都是弥足珍贵的火

经过一棵小树,枯萎的枝丫上
冒出了盈盈绿意,小乳房
要喂大整个春天

有人在冬天里,彻底堕落
有人在冬天里,竟然成了英雄

2022年2月15日

雨　种

下那么多的雨，像是在播雨种
从旧年播到新年，播到明年、后年
这，哪里是播，分明是补种
上天，也有不自信的时候

播在田野，长出广阔无垠
播在山脉，长出高耸入云
播在河流，长出浩荡之势
播在人的心上，长出丰富思想

有人诅咒阴雨天气，让这世界变冷
泉里的水，都需要加热
火山的火焰，都结了冰
那些喧嚣的河水，停止沸腾

雨，什么时候停止不下
一想到日后壮观的丰收景象
谏议的文章，写了一半，就搁笔了

2022 年 2 月 20 日

季 节

在寒露后的一个晚上,树叶
唰唰凋落在地
好多人还穿着单衣。我怀疑
他们就不惧怕寒冷

北方极早进入冬天
那是迫不得已
南方呢?慢慢迁就,慢慢适应

北方人喜欢烈酒
一下子把沉积多日的情绪发泄
南方人喜欢喝黄酒
温水煮青蛙,怎么死都不知道

信息年代,南方、北方同处一域
北方成了间谍
西伯利亚寒流大举入侵
南方早准备了盾牌
直到春分日,双方言和

2022 年 10 月 9 日

和平之光

阳光,从打开的天窗中
倾泻而下,像上帝在分发金币
田野的脸庞,顿现玫瑰色
河流的双唇,热情地抛着飞吻
保守的山脉,少有的骚动不安

像鸭,纷纷走向池塘
人们从楼里、门洞、小区走出来
涌向道路,涌向公园
他们仰着头,承接圣洁的光辉
他们脸上,种满了鲜艳的笑

这样的盛况,只在
值得庆祝的重大节日
浓重的阴霾,驱散之后
受尽压迫,终于除下了锁链
或,战争迎来了宝贵的和平之光

2022 年 2 月 26 日

踏 青

周末,车加满了油。我们做一回
强盗,去偷窃春天的讯息
我们拥有一把万能的阳光金钥匙
能开天堂的门
能破地狱的锁

春天不会最先到达富人区
宜远足,需跋山涉水
被荒山野岭锁着,被残垣断壁藏着
须拨着草莱,细察根部
须翻看瓦砾,小芽儿正在探头

我听到了春雷在地底翻身的声音
我听到了蛰虫正说着梦话
我看见深山豢养的小龙,
正一天天变大,壮实起来
咆哮着,冲出山谷,奔大江而去

2022年2月28日

清 芬

我白天也走路,更喜欢晚上走
踩着心中的暮鼓
擎着西天晚霞的彩旗
可横行霸道,无所顾忌
一路芬芳,没人争,没人抢

路上遇到樱花,那洁白
有点假,好像装出来似的
是失血过多的那种惨白
遇到白玉兰和粉玉兰
高擎着酒杯,要和我对饮

人喜欢群居。都是孤独的灵魂
万物皆然
那些花朵,你逗逗它们
便开得更艳,更开心
没酿造香的樱花,也吐清芬

2022 年 3 月 15 日

希望,在逼近

踏青,远足。现在只能靠回忆了
生活中,遍布沟壑和裂痕
而缝合的针,却丢了
山花,开得寂寞无主
古寺的钟声,充满荒凉

别笑我喜欢翻阅老照片
我要在记忆深处,把那些沉没了的
欢乐,打捞上来
幸福多的时候
从没想过现在的窘迫

无法将灾难置之度外
那就将它作为生存下去的一种考验
春天,善在生长,恶也在生长
从春风一阵一阵地吹拂里
还是看到一个不大的希望,在逼近

2022 年 3 月 16 日

走出绝望

春天,是跟着东风来的
它叫醒了山坡,绿了
它叫醒了溪水,欢腾了
它叫醒了山谷、乡村和城市
一下子恢复了喧嚣和热闹

春天,是山花带来的
一丛丛山花,就像一堆堆火
逼退寒冷,融化冰凌
温暖重新回到心里
人们脱下枷锁,自由了

春天,是由候鸟驮回来的
它们一直往北飞、往北飞
没有忘记梦里的故乡
好像普罗米修斯盗取火种
它们从南方盗取了暖

春天来了,我也走出了绝望

2022 年 3 月 17 日

为春天祈祷

都春天了,那么多的脚步
还是那样匆匆,不能稍作停留
墙角的花,开得对得起人间
枝头的嫩叶,足够予人启示

我们经常忘了别人的春天
那些痛苦的笑容,那些辛酸的幸福
也忘了自己的春天
那么多欲望的种子在发芽

应该给春天以足够的尊重
不会带你进入泥沼
不会让你用泥浆擦净身体
用鲜红的血液洗却自己的罪恶

跪在天地之间,为春天祈祷
为悲伤的落叶,为夭折的生命
也许祈祷充满虚伪
不过等同于空屋中的自语

2022 年 3 月 30 日

一朵花

一朵花，没开在原野的广袤里
开在墙角，也能带来春天
如果开在悬崖
悬崖上，就会生出温暖的烟
如果开在沙漠
沙漠就会甘泉喷涌，水草丰美

一朵花，如果身着粉红色
便是一个粉红色的梦
如果身着蓝色，便拥有浪漫和高贵
如果身着金黄色
意味着贮满了太阳的能量
如果身着红色，那便是熊熊篝火

开在贫穷里，让贫穷多点希望
开在死亡之上，成为拯救者

它一绽放，寒冷就为之颤抖
它一绽放，大地又成了最美新娘

2022 年 4 月 1 日

清明时节

庆生和祭死,清明时节必须要做

紧跟清明节气而来的,是
枯枝突然获得力量,绽出绿意
花朵,不再悄悄,争着为春天代言
田野开始擂响深沉的蛙鼓
赋予万物复苏的灵魂
野草,欣欣然,从地狱中探出头来
它们即使活在坟墓边上
生长的欲望,不减一分一毫

紧跟清明节气而来的,还有我的身影
冥冥之中,听到了祖先的召唤
该是为他们扫墓的时候了
除草,培土,点香,燃烛,上贡品
缅怀,数典忘祖了
按报喜不报忧的惯例,祝告祖先
山河安好,万物无恙

我追祭祖先,也在追祭自己

我慎重持有的生命,已死亡多少岁月

2022 年 4 月 7 日

画　家

阳春三月兴奋地拿起了画笔
在天空，画上惠风、丽日
在田野、荒山，画上无数花朵
在枯槁的枝丫上，添上盈盈绿意
给山涧画上溪水的潺潺声响

这样一幅精美的画作，不懂的人
最好的做法就是保持缄默
懂的人，买回家，细细地品味

倍受感情折磨的画作，无关技巧
情感，所有生命的共同语言
三月，无疑是浪漫主义者
对生活的平庸和乏味进行了抗议
画了许多奇趣逸闻。这些
都是名垂青史的通行证

不是所有的题材都赢得称赞
譬如，倒春寒

譬如荒谬和怪诞成分的底色

譬如表现凄苦和悲凉坎坷的命运

我以为，都是历史的真实

2022年4月9日

回 眸

暮春，宏大叙事只差最后一个尾音
从中捕捉到什么余韵
是匆忙长出来的浓荫
是地底下苏醒过来的尖叫
是惊惧，是惊喜
是颓废、悲伤，是欢欣、鼓舞

——都是春天的遗产
不幸，也是神圣的一种表达方式
从没活得这样累
急需一个好消息，让人喘息

所有回眸都是必需的
回顾，不是揭自己的伤疤
岁月，按照自己的节奏行事
树的伤口上，结出晶莹的树胶
花朵败了，果实出来
春的子宫里，爬出一个叫夏的婴儿

2022 年 4 月 21 日

吹哨人角色

让人感到幸福的事,每个早晨
总有鸟声抢先入耳
担任吹哨人角色
让沉睡的灵魂,及时醒来

所有草木,都失去了语言功能
在地里傻傻站着,或一味地疯长
风对它们上下其手
不加反抗,却顺势倒在怀里

间有猛兽出没,日夜逡巡
低哮着,划出自己的势力范围
强占地里所产
全然不顾原有主人的尊严

但人间还是有好鸟的
譬如布谷,总催促赶快播种
譬如乌鸦,总给你不祥的暗示
譬如喜鹊,好像是报喜的专员

2022 年 4 月 23 日

误入森林

我误入了一片森林。现在的森林
就是一个巨大的产房
不断有果实在成熟——
羞红了脸的覆盆子,甜到心里
不断有新生命降生——
旧年的鸟巢,养着一张张待哺的嘴

这是一条翻山越岭的必经之路
我为打扰它们的生长深表歉意
我与正在长果子的灌木握手
它们用密密麻麻的叶子掩护自己的孩子
鹁鸪、灰喜鹊,站在树枝上
高高在上,与我聊了几句家常

在这样一片生机里,我是孤独的
有人惦记,总是好的
甚至被敌人惦记,也是好的
我心里有许多滚烫的话要说——

生长吧,生长吧

我要跪吻留有它们足印的土地

2022 年 5 月 15 日

用来折腾的青春

突然发现,不是所有的花朵都是
为了结果。即使结果
也不仅仅要成为果腹之物
当然,也不是所有的花朵都是
为了满足人们的审美欲望
在深山里绽放的,就像自言自语

我强烈怀疑目的论的正确性
季节一到,花就开了
季节一过,花就败了
要说真有什么目的,就是为了败

我想起了有满把时间的青春
为了证明自己,读谎言,听谎话
每一次发现,相当于
往那具已钉在十字架上的躯体
再钉上一枚钉子
可是,我们一再重复,至死不悔
也许青春就是用来折腾的

2022 年 5 月 16 日

善良的阳光

没有哪一缕阳光,是有罪的
谁迁怒,把一团阳光摔成了碎片
我在路上小心地走着
生怕被玻璃碴割破了脚

中午时分的小区里的路,很静
像吃了安眠药那样安静
像胎儿在子宫里那样恬静——
一步一步重演物种进化的全过程

阳光是美好的,是善良的
恶不能从中产生,本来就存在
美好和善良,是把关的城门
破了,恶就会挣脱,现出真我面目

恶能在黑暗中发生
也能在阳光下发生
我们依然抱着现实主义的真诚
每一缕阳光都不是故意的

2022 年 5 月 17 日

城市的格局

高架桥上，鲜花一路开过去
把所有进城、出城的都当作贵宾
抚慰人在旅途的疲惫和别绪
一个城市应有这样的格局

"生死离别，是自然规律
而痛苦和悲伤可以用泪水冲淡"
当我置身花海，这话就不一定对了
除了泪水，还可以用花语

把一个城市种满花
这肯定是满怀柔情的人治下的城市
用花，比用其它的好多了
在花前，哪一个不低头嗅香

用花诠释胸怀
用花表明待客之道
"赠人玫瑰，手有余香"
这句古老的箴言，又有几人能懂

2022年6月23日

蝴蝶花

夏天最骄傲的事是拥有无数蝴蝶
在山间,在溪畔,在林下
它们像舞神,奉献最美的舞姿
舞在此处,却在彼处形成风暴
它们是情种,顾盼带钩
刚制造一桩庄周蝶梦的公案
一转身又制造梁祝的爱情神话

只在低空,静静地徐徐飞着
不是主角,胜似主角
歇在草丛中、草尖上,以补夏时之缺
——它们是会飞的花朵
有它们在夏日的胸前佩着
知了的聒噪之忧,就可以忽略不计

破茧成蝶,我没目睹
那肯定是个甜蜜的痛苦过程

2022 年 6 月 25 日

正午时分

阳光,被树叶筛落下来
在地上摔了个粉碎
温度,也被剥夺了许多
在树荫下走着
就像走在铺着细花布的路上

到了七月份
蝉使劲地念着佛经
树叶开始寻找自己的根
它们在风中上下求索的身影
容易对鸟产生误会

阳光找到更大的缝隙漏着
充满了母性
那些缺钙的青草,像刚苏醒
昂着头,忘情吮吸阳光的乳汁
一群饿极了的孩子

2022 年 7 月 19 日

河 边

河边安排了一块石头,让我坐下
河水披着长发,潇洒而去——
因寒冷,显得格外明净
漂浮物就像许多往事,不再被关注
对岸的水杉,伟岸挺拔。无数枝条
像无数双手,为我顶着低矮的天空
好几棵岸柳,像身披袈裟的高僧
双手合十。在为谁祈祷?
枫叶彻底地红了,红得恰是时候
我荒芜的岁月被点燃了
老樟树未因季节的变更而态度突变
它一直以江南的情怀自许
这些树,相互端详,十分美好
以各自的形态,注释着生命的不朽
它们在风中交头接耳。它们想什么
流水不知,我也不知
我沉思默想的样子,成了鸟的笑料

2022 年 12 月 30 日

逃 离

寒冷,意味着封冻和禁锢
而万物,具有不可捉摸的灵性

五谷及果蔬之类,不知谁泄的密
朔风即起,它们把种子馈赠大地
并迅速死亡,腐化
在下一个春天里,等待复活

梧桐树、栗树、银杏、枫树等
以停止生长,进行抗争
它们卸掉了所有装饰——
叶子落在身体周围,培根固本

蝉、蛙,入秋以后,就噤声了
它们知道祸从口出,言多必失
它们钻入地底,与黑暗为伍
为了生存,连光明都可抛弃

众多的鸟、雀,为寻找温暖之地

它们学会了逃离

就像摩西《出埃及记》

          2022 年 1 月 7 日

清　晨

盘桓病榻数日，突然发现对清晨
充满想望。清晨是什么
好像是抛给囚徒的一根绳索
是生命赓续不断的一种可靠证明
播下的金种子在这时破土而出

清晨还应具备更高意义。是黑夜
给自己努力开挖的坟墓
这让我想起那些不可一世的帝王
欧洲近一千年、充满血腥的中世纪
它们最终都倒在清新的晨风中

我们的一生，只为等待无数个清晨
它们是光明的鸟巢——
无数个太阳，在这里孵化
站在东海之滨或泰山之巅，倾听
光明诞生时那一声洪亮的哭声

就像一个时代结束时深沉的钟声

2022 年 12 月 27 日

白茶花

几株白茶花怒放着,等待路过的人
没有雪的时候,它们最白
——像阳光一样刺眼
边上的黄叶,更加憔悴。成片的
野草迅速枯萎

茶花为什么要这样白?
知为谁生。确定不是我
其中含有多少令人心悸的情愫
真想把那白一瓣一瓣拆下来
一份留在白天,一份赠给黑夜

对白我向来敏感。怕肮脏的东西
泼向它。如果羼入一点点杂念
跟纯白就有了遥远的距离
如果它白得令人恐怖
还跟纯洁有关?尤其寒冷肆虐时候

2022 年 12 月 99 日

石　鲷

前一刻还在海底畅游，后一刻
成餐桌上的美味
"我不杀伯仁，伯仁却因我而死"
我没因此道歉。理由是
谁让它没经得住诱惑

在我的一个美好早晨里
一条石鲷失去了生命——
为了躲避风浪，它进入了海湾
哪知海湾就是一个巨大的鱼钩
过于寂静，意味着危机四伏

它霸占了餐桌，吸引了一桌目光
纷纷议论钓者的勇敢
赞美掌勺者的烹饪功夫
谢谢它慰问了我的味蕾，满足了
我的口腹，让我生出新的力量

据厨师言，这是一条凶狠的鱼

死了还眼带凶光,牙齿恨得痒痒的
只是它遇到了更狠的角色

2022 年 6 月 17 日

白鹭,在溪上飞

一只白鹭背着暮春,在溪上飞
它要飞往夏天
它在溪畔歇着的时候,被一声断喝惊起
怕它留恋水中的倒影

它背负着暮春,像背负希望
在它冲向天空的刹那,白色的身影
就像一道晃眼的白光
它身下的大地,一下子亮了许多

它沿着溪岸飞
它边飞,溪边草木的花朵边落
田野上的枇杷结果了,樱桃也熟透了
两边的青山,也走出了童年

2022 年 4 月 27 日

晚　归

深夜的路上，一只野猫
知道我不是它的主人，一闪而过
我颤抖了一下
当然，不是因为激动

突然觉得，极需要野猫的叫声
欢愉的叫、惨叫，均可
相对于广阔死寂的湖平面
起到一粒小石子的作用

死寂，相当危险。只在深夜
所有窗口才会闭上嘴
所有街灯，枉然亮着
会叫的，会飞的，不得不合上眼

野猫及时出现，温暖了我
胆子突然大了起来
放缓了因惧怕而急切的脚步

开始欣赏立在寒风中,黑魆魆
类似野鬼出没的树

2022年1月15日

酒窖里的蛐蛐

一雄一雌两只蛐蛐,活在酒窖里
酒窖安装在山的肚子里
洞门一闭,黑暗弥漫。时间
顿时停止流动
它们不是修炼者,不用修身养性
也不是违反天条的囚徒
真的,不愿成为黑暗的一部分
因为不断发声,好像
给黑暗的世界点亮了一盏灯

我觉得它们活在岁月之外
有那么多酒坛做伴。那酒坛里
都是它们尘封了的岁月
我终于理解,它们唱着、跳着
离开的心情并不迫切
它们在等待发了霉的岁月开启
——肯定比臭豆腐还要香
坚守的价值。它们就敢号称英雄
然后,回到岁月中,再见光明

2022 年 10 月 10 日

遇见螳螂

在雄风不减当年的狮子山下
在头陀镇一个不起眼的小院子里
一只螳螂正经历不幸——
它被一群诗人发现了
此时,正日上竿头
此时,正走向深秋
所有生命,都心怀急切
诗人们如获至宝,如久别重逢
纷纷拍照留念
在议论中,重温了一番历史典故
螳螂使着螳螂拳,奋起反击
作为雀口余生之物,它本极为谨慎
极力以草色做掩护
它出离愤怒,平静悠闲的生活没了
诗人逗着它玩来着
顿起了物以类聚的无限感喟
打开一条生路,看它消失在草丛中

2022 年 10 月 5 日

第二辑 出发

捎给岛的祝福

长成了的叫岛,没长成的叫礁
被水淹,被浪咬,这是礁石的命运
还是做岛好
草,稀疏了点,也有四季
树,矮了点,也有鸟来搭窝
人,少了点,也有悲欢
庙,小了点,也能安慰望夫石的心灵

我给岛,捎来了祝福——
薄土永存,可以寄命,可以托孤
甘泉不竭,是血,是药
它是航线上的驿站,远航的人
发现了它,就像找到了亲人
在万里高空的老鹰眼里,它不仅仅
是一块不可或缺的肉
一年中,找上门来的台风,像酒神
——悲剧就此诞生

2022年1月2日

在海岛上

我把一年中的最后一天,和
一年中的第一天,奉献给了一个岛
希望它丰盈、充裕
看上去不那么瘦骨伶仃,像一顶
草帽,被吹落在海上

其实,这是我逃避的一种借口
我不来
新年和旧年,岛也会无缝衔接
岛的胖瘦,我不应妄议
不长犄角,岛早被摧残至死了

我躲进海岛驿站,享用不完
大海提供的各种福利
海岛驿站,躲在岛宽大安全的怀里
躲得深深的
一般的风,费劲都找不着

2022 年 1 月 3 日

海上堡垒

岛,海上的堡垒——
没有挖空心思的形容比这更贴切
岛上布满不同年代的枪眼
黑暗中,不知谁放的枪
天空被打成筛子,星光斑驳

因为一直神情紧绷
脸颊贫瘠,悬崖峭壁随处可见
愁容惨淡,树都长得像夜叉
只有野草,颜色浓烈,色泽鲜明
无忧无虑地四处蔓延

头顶上的探照灯,日夜扫射海面
希望是搜寻落难者
不是为了捕捉敌情

它在那里,就做一枚钉子吧
牢牢地钉着那页蓝色的纸

2022 年 1 月 3 日

蔚蓝的锦缎

这,蔚蓝的锦缎,因为年代久远
边角已经泛黄
是陆地之外的另一种存在
尽情铺展,一直到你的视野之外
风一来,波澜起伏,自远而近
像有一双手在做抖动状
藏在灵魂深处的丘壑,便被抖了出来

缎面上,缀满了各种神的绣品——
岛屿和礁石的孤寂、落寞
白帆的意气风发
小渔船和巨轮,竞相耕海牧渔
鸥鸟振翮,自天边归来
日出,冉冉得意;落日,恓惶回顾

一草一木之于大山,秭米之于粮仓
从海边归来,河伯郁郁寡欢了

2022 年 1 月 6 日

怒 潮

在海边,我看到任性的大海之怒
像席卷草原的嗒嗒马蹄
像海平线上燃烧的白色火焰
它一口吞下坚硬的礁石
它扳着岛的肩膀,摇晃着
想把岛的骨头拆分
撕裂苦心经营的海堤,像猛狮撕掉猎物
逼得海岸线,再让,再退
渔船,挖沙船,退到避风港
担心成为无辜的午餐
巨轮,要追赶夕阳
遭愤怒斥责,只能小心行事
这是鱼族的狂欢,虾兵蟹将的盛宴
它们在海底,摇着旗,推波助澜
勇敢地冲滩,像马前卒、排头兵
争抢废墟上的战利品

2022 年 1 月 9 日

孤 岛

孤独是一种病。谁是孤独的代表
无疑是岛,孤岛
它本有很多兄弟姊妹,离散了
没再见面,那是生生地分离

岛,原来是海底群居的一族
偏偏想见天空的样子
于是,日长一毫,月胖一分
开始还是暗礁,半遮半掩
后来就钻出了海面
孤独,就是这样制造出来的

看看它在岁月里挣扎的样子——
被海浪当作敌人,想一口把它吞了
被飓风视为眼中钉,想把它拔掉
连野草都不放过它
借它的身体开花、结籽

我来到岛上,把它的遍体鳞伤
当作了风景而赞叹不已

2022年6月9日

海上作钓

白浪滔天,大风作旗
一次一次把礁石撕碎给我看
有必要这样对付我吗
一个钓客终于也成人物了

我来海上开竿——都生锈了
鱼却逃光了
谁泄的密?哦,是海鸥
曾在如犁的船头绕来绕去

海是水族的领地
眼看家园荒芜,子民丧生
那浪一行行,别以为在写诗
激昂的咆吼,别以为在朗诵

我被浪驱赶着,被风寻觅着
我躲进了房间
把欲望深深地锁了起来
待大海怒气稍平,立马就撒

2022 年 6 月 12 日

孤悬海上

一座岛悬在海上,多少年了
离岸越来越远
岸在千年、万年地等待
它难道没有回眸的热血

把它喻为超尘脱俗的情人
她倦于爱情,厌了甜蜜的谎言
不忍让她的娇躯抵挡恶浪
让她的花容月貌被风雨摧残

把它喻为深入浪群的英雄
浑身散发着远征军的理想光芒
在月夜里,在星光下,每个伤口
流出的不是血,而是豪气

在岛上,我找到了破损的舟楫
找到了伤痕累累的石头
找到了久经沙场的兵营
找到了贮满理想的晶莹眼泪

2022 年 6 月 13 日

渔山岛

在这里,可以豢龙,可以修龙骨
海水有多蓝就多蓝,有多深就多深
在这里,可以健身,可以养精神
海有多阔就多阔,天有多高就多高

所有上了年纪的旧屋,都是参照物
砌墙的石头,有多大就用多大
门窗,用木条一层层加固
风最大,又奈我何

向这里的草学习,它们姓野
顺从风,整个岛都是它们的身影
向这里的树学习,能长多矮就多矮
岛,就是最大最美的盆景

这里有远东第一的国家一级灯塔
陈旧的光,源自大清朝
坏了修,修了又换
许多人争着做灯塔,指挥别人的航向

2022年6月13日

信 使

在海边，一群从远方归来的鸥鹭
把一处山坡的密林当作宿营地
那静静的白色的身影
就像饱含感情、热烈绽放的花朵

就是这些鸥鹭，单薄的翅膀
夺云破雾。在它们眼里
大海是牧马人的草原
白浪，不过是牧羊犬驱使的羊群

鸟占官心藏古老的智慧
从它们妖娆的飞行姿势里，读出
勇敢，勤劳，百折不挠

读出用泪水减轻的悲痛、悲伤
它们携带吉凶悔吝的预言

2022 年 6 月 16 日

渔 港

那林立的桅杆,能迎来日出
也能送走落日。那悠长的汽笛
是出发时的抒情,是送别的泪滴
一个上演喜怒哀乐纠结的舞台

从高速公路一出口,即臭气扑面
在街上行走,如入鲍鱼之肆
臭,是渔港的基本元素
我逐臭而来。还有什么比大海的
味道更令人兴奋

渔港的情绪跟潮涨潮落有关
庆幸潮落带走了众多悲叹
那一直被淹没的海涂,重见阳光
更渴望涨潮时的欢呼、呐喊
岸上,有多少人在等待天际归舟

担心渔港被大海背叛、抛弃

不臭了,干净多了

这是一个渔港的不幸,不是幸运

              2022 年 6 月 16 日

海边的乌岩村

乌岩村,海风经常吹拂、抚摸
它的创伤,它的疼痛——
田园荒芜,被野草占领
残垣、断壁,在阳光下凄然肃立
像阴森可怕的动物尸骨

这曾是一个迷人的濒海山村
一睁眼,便能感觉到大海的爱意——
慷慨提供宽阔的前景
提供谁也剥夺不了的强大浮力
为一代代扬起理想的风帆

兴衰成败的结论,都由时间作出
山上的乌岩村,被时间抛弃了
被陡峭的山岭抛弃了
留下两个老人,守着村口
他们身上也慢慢地爬满了藤蔓

还好,山下有个乌岩村,生机盎然

2022 年 7 月 4 日

观　海

建个观景台，让我捕捉海上风光
——视野之外，永远是个谜
我睁大眼，凸出眼球
并借助望远镜
把所有的波浪收在眼底

万顷碧波，在海燕的翅膀下浪费
仅仅供耕海牧鱼者养鱼养虾
我们从其日夜不停的吼声里
听出了被贱用的愤愤不平

玻璃栈道从海岸线蜿蜒蛇行
惊涛拍岸的秘密，一览无余
海滨浴场，熙熙攘攘
给肉体和灵魂涤污去垢
只是海水一下子混浊了许多

当我的眼睛吻向波浪，大海动情了

2022 年 7 月 6 日

涛 声

喧嚣，不知疲倦的喧嚣。就像
婴儿未喂饱的夜哭
怀忧含愁时，它是恼人的噪音
万籁俱寂时，它是催眠的歌谣
雄嗥怒号时，它便是逆行的进行曲

它像少年，有让父母生厌的叛逆
——成长中的倔强
它像青年，充满创造、梦想、进步的
欲望。不撞南山不回头
浑身上下有永远使不完的劲

希望它歇歇。我想欣赏它的娴静——
像情人间无限温柔的细语
像银铃的啼鸣、清朗的钟声

它是伟大的母性之声，永不停歇
它塑造了无数代人——
哺育他们的思想，滋润他们的梦幻

做他们力量的源头

直到他们躺下，它就成了恸哭

2022 年 10 月 18 日

一湖的时间

放眼出去,千岛湖边上的群山
像道道屏障——一山放出一山拦
它们在严防死守什么
突然觉得千岛湖像是被锁住的囚徒
没有了不羁之心
没有了兴风作浪的力量和勇气

我为自己不怀好意的揣测而羞赧
我在高处俯瞰千岛湖
这偌大的一个盘子,盛的好像不是水
而是静。——静得,像干净的镜面
没有可拭擦的尘埃
没有可缝补的裂痕

又觉得,这样的比喻过于肤浅
这一湖盛得分明都是时间
静止的时间,不会流动的时间
这些湖水,是青春的集合

是充满激情的岁月

这就是我一直向往千岛湖的原因

2022年3月20日

看 花

去哪里看花，都是一种借口
作为岁月的过客
我们的目光早已越过铁栅栏
作为无聊日子的拥有者
我们期望制造点小浪花

花开在哪里，都说明生命的律动
深入千岛湖腹部
在梓桐，在白小线上
油菜花成片成片不选择地盛放
摸摸山体，依然冰冷

看花的人，今年不如往年
任花泛滥成灾，任花香消玉殒
不是人惜力，不是人眼拙
在强大的生存面前，任何美
都要退居其后

2022 年 3 月 21 日

千岛湖的美好时光

初春去千岛湖,看了一路的矛盾
新和旧一盘端出
复活和衰老在竞赛
希望和绝望,交替出现

在千岛湖乡间,随意生长的油菜花
如杏坛圣手,在医治创伤
它们是山体的一部分
是千岛湖人故意制造的春天

在千岛湖城区,绽放数公里的樱花
让所有的车缓缓而行
它们代替缺席的雪花叙说纯洁

在花海中活着
身体的痛和灵魂的纷扰,暂且放下
这就是先哲们努力追寻的幸福吧

2022 年 3 月 22 日

白小线上

白小线,一条串起梦幻的乡间公路
其实,它是沿着湖边走的
每转一个弯,都能看到千岛湖
似乎千岛湖无处不在
好像我们被千岛湖跟踪了似的

白小线,从达达的嘴里吐出来
就成了浙南这一带最美的风景线
花香,绿色,是你的
山青,水秀,是你的
一路的起伏跌宕,也是你的

白小线,让小波兄想起了生死线
让他想起了远方的战火
在这样一条安宁的路上散步
在这样一条洒满和平的路上溜达
他觉得有种不负责任

白小线上,跑着一列绿皮火车

满载着鸟鸣、浪漫故事,冲出山外

2022 年 3 月 22 日

湘湖边的暮思

夜幕偷渡,湘湖迫不及待地静了下来
白天喧嚣的尘土,只剩下几株灯柱
似风中之烛,那光影在水中晃着,晃着
像要洗净身上的污垢
微波荡漾,轻轻地撞击堤岸
发出"啧啧"之声,像情人之间的呢喃

湘湖,曾拥有广阔的湖面,直通海洋
吴越交战,掀起过汹涌的波涛
湖中筑了好多堤,修了好多路
四面群山使着劲,往里挤压
让辽阔两字成了历史

湘湖,是城山的镜子,展现四季的沧桑
是越王勾践的镜子,让他知道自己的丑陋

我在湘湖边的亭子里,听虫鸣、蛙声
看月色,把湖面点染
我觉得它就是我身上携带的湖了

以理想做舟,驶往彼岸

又觉得,它是风云变幻的人生江湖

不知有多少生命的舟楫,在此销声匿迹

2022年4月8日

湘湖的过客

一群候鸟,从湘湖起飞,逾山远去
我看到了它们落寞的背影
不被待见,还是不愿久留
明年还会再来
对湘湖来说,它们只是过客

草坪柔软,是感情发酵的温床
成双结对,挈妇将雏
欢笑声、嬉戏声撒了一地
夜幕降临,夕阳的热情挽留不住他们
对湘湖来说,他们只是过客

湘湖,应该是鱼虾的家园吧
它们不断地跃出水面,宣示主权
我看到打鱼船,来往穿梭
看到岸边的钓者,在制作精美的饵
对湘湖来说,鱼虾也是过客

看管湘湖的垂柳,终要老去,死亡
湘湖,将永远年轻

2022 年 4 月 9 日

诸暨五泄吟留别

瀑布不叫瀑布,叫泄
发泄的泄,泄愤的泄
全国乃至世界都没有这种叫法
不知为何只有诸暨独此一家

大山收藏了上帝的最后一滴泪
这滴泪便是波澜壮阔的种子
它在高山、在深涧发育
这便是瀑布,或泄的成因

诸暨五泄,"水势高急,
声震林外,望若云垂"
仅在最后一泄,便被震慑住了
像饥饿的猛虎,恶狠狠扑来

从五泄到一泄,沿山涧惊险而上
每泄都展示着它们的本来面目
它们让我越来越强烈地感到
所谓瀑布,其实就是大山的愤怒

2022 年 4 月 24 日

云上居

能居云上的,不一定都是神仙
譬如我,俗人一个

疑似天上宫阙,云上居
建在张坞山山巅
这叫敢在太岁头上动土

盘山公路,盘山而上
就像命运女神手中的纺线
崇山和峻岭最怕任峻兄的车技

在云上居的这个夜晚,可以让我
回味好几年
劲草兄的酒量值得商榷
酒热耳酣,正要挥斥方遒时
他却闪身到梦乡,再回来时
那一份表示歉意的酣态,可掬

山,脱掉罩身的薄雾轻纱

那一身神秘的美,再也藏不住
想登上再高点儿的摘云亭摘云
通天的道路却断了好几截

          2022 年 4 月 25 日

百源山庄的孤独

百源山麓只有一条小溪流向山外
百源山庄孤立在一片巨大的寂静中
为感谢我们带来的喧嚣
那个芳龄三岁的母鸡遭了殃
一只野鸭,也成了牺牲品

山庄主人永安兄,发际线已退到很远
聪明的脑袋不长毛,得到印证
他是个外语天才,又善书法和篆刻
佳作摆在橱里,挂在墙上
等着院外慕名的脚步声响起

后有山依靠,前有山挡风遮雨
又有青山阻挡千军万马
永安兄不安也难
莳花弄草,好不惬意
又是什么让他放弃那颗静修的心呢

2022 年 4 月 26 日

布谷湖

布谷湖,是一个水库
一堆汹涌澎湃的水,被集中起来
失去野性的水,还是水
利用风,制造点微澜
利用雨,说明自己的冲动

布谷湖水面广阔,仍存饕餮欲望
不断蚕食、鲸吞周边的土地
把周边的青山,也揽进来
你的也是我的,我的还是我的
欲人为地制造各种孤岛

以为满湖都是布谷鸟的歌声
无处领取健康码,遁入深山了
把喧嚣带走,把寂静还了回来
湖边的油菜花,寂寞地老去
垂钓者,被冲出水面的鱼无情嘲笑

2022 年 4 月 28 日

越中的山

开车在越中走着。山一群一群地涌来
并不很高,从山顶到平原的过渡,很缓慢
斜着身,像一个慵懒的美人在等待黄昏
因为魔鬼似的风,已被他处领受
所有的陡峭,都被留在了别处
因为雨水丰沛,树和草野蛮生长
体态丰腴,没有被抛荒留白
不能就此断定,越中的山失去了山的特色
它们仍是足迹的障碍
同时也是足迹拥有者的庇护所
它们的制高点仍很宝贵,若被敌人占领了
优势就会发生根本性转移
圆润,没有鲜明的轮廓
不能因此断定内心没有峥嵘
应该是从海中崛起,曾是大海叛逆的孩子
也曾熔岩喷涌,可见当时的盛怒
看着这些山长大的,可成一方诸侯
可成将军,可成女侠,可成文人学士

这些山中，埋着忠骨，埋着英雄

埋着王侯将相，埋着消亡了的古越国名

2022 年 5 月 4 日

越城的脊骨

像一只蜘蛛雄居网中央,越城
活在一张巨大的水网中
河水深流,像热血,提供青春和活力
河上有许多古老的石拱桥,像脊骨
连在一起,就成了宁折不弯的脊梁

我站在一块脊骨上,望向小河深处
它突然一个拐弯,不知所向
沿岸的垂柳,直挺着婀娜的身躯
全身都贮满了新生的力量
一排排老屋,像历史老人,深情的眸子
投向河面,努力寻找自己的影子

我望,不断地望
我的眼睛似乎像望进了遥远模糊的过去
我看见西施在浣纱,东施在效颦
我看见范蠡坐扁舟,出三江口,入五湖
我看见葬在府山上文种哀怨的眼神
一个冷噤,回到现实,河埠头上正繁忙

2022 年 5 月 4 日

镜湖,或鉴湖

李白来过,一夜飞渡镜湖月
贺知章来过,被儿童"笑问客从何处来"
唐朝来过,宋朝来过,元明清来过
镜湖仍活在蓝天之下,大地之上
那些伟大的名字,那些曾经的辉煌
都没禁得住时间的勒索

如果仅是水鸟的栖息地、鱼虾的故乡
镜湖就枉为镜湖了
给它取名的人,必胸有丘壑
必听过这样的历史箴言——
"以铜为镜,可以整衣冠
以史为镜,可以知兴替"

镜湖上,行舟如箭,掀起一股股波浪
镜湖岸边,杨柳骀荡,送着清风
那么多游人,仅来看风景?
我寻镜而来,我拥有的镜子丢了

我需要一面更大的镜子

到了镜湖，就不用担心自己的丑陋了

2022 年 5 月 5 日

太阳照在越王墓上

太阳照在越中印山越王墓上
猎奇,是穴居动物的一种返祖现象
对坟墓,对死亡不感兴趣
只想通过这个神秘的、恐怖的洞口
触摸一下历史冰冷的肌肤

所有帝王会固执地认为灵魂不死
都会对死后的地底生活做出豪华安排
譬如古埃及的金字塔
譬如神州大地上的帝王陵
感谢当时的这种劳民伤财
发掘它们,跟挖人家的祖坟有别
是对尘封历史的一次重新启封

走进越王墓,就走进了吴越春秋——
勾践之父允常为吴王阖闾所杀
樵李之战,阖闾被击伤而死
夫椒之战,勾践败于夫差,沦为奴隶
二十年生聚、教训,勾践灭吴

貌似冤冤相报的死结，展示的
却是吴越逐鹿的惨烈场面
争，有什么好争，都被一抔黄土覆盖

            2022 年 5 月 10 日

我眼中的十九峰

十九峰,披着晨风,肃立晨光中
如菩萨群像
在他们眼里,众生渺小
都是些深陷苦海需要拯救的人

我们不是来寻求保佑,是来看风景
所谓风景,类似悲剧——
把好的毁灭给人看
所以风景,就是悬崖峭壁
就是万丈深渊,飞流直下
就是万壑争流,风雷相搏震荡

我们喜欢看风景,我们需要快感
快感,就是别人的痛苦、不幸
十九峰满足了这种要求——
它们长年被风打,被雨骂
全身上下,布满被岁月咬伤的疤痕

2022 年 5 月 11 日

对　弈

温州大罗山和东海龙王对弈
以东海为棋盘，以岛为棋子
以沧海和桑田为赌资
或把沧海变桑田，或把桑田变沧海

虾兵蟹将为龙王助阵
群山受邀，做大罗山后援
一着不慎，满盘皆输
他们唯恐沦为笑柄，都小心翼翼

龙王情到深处，怒气横生
潮起潮落，扬波万里
从太平洋深处，搬来各色飓风
横扫大陆，让对方分心散神

大罗山以沉稳著称，豪气干云时
落子过重，把棋都敲碎了
于是，就有了舟山群岛、澎湖列岛
四礵列岛、南麂列岛……

2022 年 4 月 18 日

天一生水

做天一阁里的一书虫，会很幸福
如果一开始就存在，到如今
也有五百年的高寿
华屋住着，没有为秋风所破之忧
饱餐上下五千年的书香
满腹的经纶，有哪个大儒可比

天一阁里也住着白蚁
如果仅假装喜欢智慧，也就罢了
它们要的是物质——楼房
它们有愚公移山的恒心
用锐利的牙齿，贪婪地啃墙噬柱
许多孤本残篇差一点无家可归

上了年纪的藏书楼因知识支撑没倒下
院子里多合抱之木，栋梁之材
"天一生水，地六成之"——
是哲学，也是生活

2022 年 5 月 23 日

灵魂栖息地

不管谁,都需要一片灵魂栖息地
人在寻找宗教。宗教在寻找人
在一段偶然的时光里,两者相遇
于是,佛祖、上帝就诞生了

阿育王,印度孔雀王朝的伟大国王
他是如何来到中国的
如果从水路来,要降伏多少汹涌波涛
如果从陆路来,要踏破多少名山大川

梁武帝灭佛,他活下来了
唐武宗灭佛,他活下来了
"文革"十年,破"四旧",他活下来了
历史见证佛法的能耐

俘获人心和精神控制
政治和所有宗教都这样做
有时,它们相互勾结,相互利用
有时失和,就上演血腥暴力的全武行

坐在阿育王寺前空旷的广场上
粗壮的阿育王石柱，骄傲地伸向天空
如果天塌下来，它们能撑得住吗

            2022 年 5 月 24 日

追蹑王安石的足迹

千童寺太古老,被太白山掩藏
在推开一重重山门后才露出真容

天空脸色铁青,企图滞留我们的脚步
游人稀少,所有的空间都让给了麻雀

我们追蹑王安石的足迹而来
他在鄞州县令任上,曾夜宿千童寺
与清风、明月长谈。
"天变不足畏,祖宗不足法,人言不足恤"
他是否料到他的"三不足"
会带来深重灾难——
助长了"独一人"的任性妄为
使得士大夫那零星半点的自由精神
被扔进了历史长河

迈进千童寺大门,钟声悠长
僧人们的晚课,一声紧,一声慢
山里新的老的树木,都伸长了耳朵

2022 年 5 月 24 日

钱塘江边

一如青春双唇的钱塘江两岸
萑苇顾自摇曳。如果风再大些
舞姿会更优美。岸边
钓客神情专注。一条鱼来了又走了
像一位充满柔情的父亲
农夫在劳作。不断地叩着头
心里正酝酿着一股丰收的风暴
他们从不关心江水的流动——
从何处来，又流向何方
要流多久，要流多远
从不考虑古老的哲学问题——
能不能两次踏进同一条河流
构图和谐，色彩丰富
水彩画？油画？
故乡潺潺的溪水，忽然从脑里流过
江，不就是溪流的放大版吗
一大，就会表现它的凶狠无理

2022 年 5 月 30 日

富春江畔

要不是漂浮物,就发现不了
富春江水在流动,它静如处子
流动是它的常态,不能不流动
倒行逆施可以,泛滥成灾可以
不流动,河水就会生锈

我与富春江相向而行
我们没有较劲
它流它的,我走我的
天空哭个不停,堤岸、村庄、田野
都沉浸在悲伤之中

如果这时候出现太阳多好
有人拿它晒湿漉漉的灵魂
有人拿它照耀晦暗不明的前程
阳光下的富春江鳞光闪闪,像龙

2022 年 5 月 31 日

荷花的火炬

晚上到金园村跟白天到金园村
感觉完全不同
万里月色笼罩着我。在荷塘边徜徉
一架木桥从荷花丛中穿越
雾气蒸腾,虚构了人间仙境
那蛙声,似来自远古战场上的呐喊
那蝉声,似举杯在低唱低吟
我重温了一遍《荷塘月色》
再次感受朱自清老先生不朽的情怀
但我要说的是,夜色再浓
荷花的火炬,仍能将无边的寂寞粉碎
给无望赋予希望
给悲伤以极大的抚慰
突然,一句话在我耳边回响:
"如果从我的灰烬中能飞出不死的凤凰
我将用我的双手亲自码起火化堆
并点燃那烈火"

2022 年 7 月 10 日

下赵水蜜桃

压弯树干,锁住甜蜜。下赵村山坡上的
水蜜桃就有这份自信
一遍遍慰问不速之客的味蕾
一次次赢取众多赞美
向岁月提交了一份完美的答案

我们来到七月骄阳下的桃园
山风,似吝啬鬼,懒得吹
可大肆宣传"桃之夭夭,灼灼其华"的初心
讲好"桃园结义"的故事
可制造点"人面桃花相映红"的桃色新闻

"订单有了,不知如何完成"
果农一脸幸福的忧愁
我幸福着他的幸福,忧愁着他的忧愁
山坡上的那些灌木丛,那些挺拔的树
都醋意十足

2022 年 7 月 10 日

古大通寺

它只活在人们心里,终究要沦为传说
如果不是寺口村的指认
被草丛掩没的废墟,也要被时间冲走
所有的遗址,都是一声叹息
跟它的历史悠久无关
跟人们对它的留恋、怀念无关
它是远近周围村庄的心灵寄托所
矗立在穷山恶水之间
给心灵浇水施肥,让庄稼长成庄稼样
有一点,我始终确信——
一个没信仰的人,极善拥抱恶
一个没信仰的民族,必走向野蛮

我跟古樟树一起,站在大通寺的废墟上
听阴魂不散的晨钟暮鼓
听老僧的祈祷声在历史的天空回荡
在烈日下,我重温"宗教是最高的哲学
愚蠢的人才认为是迷信"

2022 年 7 月 12 日

在西溪影视拍摄基地

许多人至死,才知人生的剧情
都是编排好的
主角、配角。幸与不幸。幸福或悲伤
上帝才是编剧高手
别质疑我是悲观主义者或宿命论者
我不是
我要求改命
要求剧情重新安排,曲折些
给我机会多些
至少让我牺牲得壮烈些
让我成为英雄,对得起列祖列宗

去了西溪影视拍摄基地
古代的,现代的,战争的,祥和的
什么布景都能做
前半生没演好,后半生要分外努力

2022年7月13日

这片土地

在一片蓝天下,西溪镇吉祥
刚插了秧苗的稻田
优美的分行随处可见
颀长的玉米,怀抱着孩子
坚守着烈日下的家园

满山遍野的野花已嫁人生子
野草,仍在追求自由的风

阡陌纵横,正在织网
蛙叫,虫鸣,此起彼伏
一场盛大的音乐会正在开演

桃林,梨树,倾情谛听
一不小心果熟蒂落

云搬来了一大片阴凉
让发烫的大地,喘了一口气
这时候下一场雨,胜似甘霖

2022 年 7 月 21 日

田 庐

我的肉身是我灵魂的外套
投宿的田庐,是我肉身的外套

灵魂没有外套,或失去外套
将如烟,如雾,将被风
轻易吹回天堂或地狱
若想重回人间,得再找一件外套
但可能是猪、狗之类的了

为了让灵魂安宁,我住进田庐
烈日猛抽大地,它给我承受了痛
黑暗制造恐惧,沿着台阶、木楼梯
爬上马头墙,欲穿窬而进
被它及时制止

田庐有点年纪,仍不失于诗人之家
悲伤和痛苦
它以绵薄之力,——予以安慰

2022 年 7 月 26 日

乡村坛头景物

溪上正在修建一座新的桥
溪水收起了"哗啦啦"的本性
混浊不是故意的
不妨碍垂钓者和鱼相谈甚欢

溪对面的草坪,绿油油地躺着
远离大海的人羡慕海
远离草原的人羡慕草原
它的存在,解了向往草原的相思
只是缺了羊群和马匹
草长得有点寂寞

吸引人目光的,还有边上的小树林
那松树笔直向上,不怕捅破天
可惜林中没长毋忘我。不然
会制造出多少查泰莱夫人的故事
一群少男少女在林边搭起帐篷
晚上要在这里仰望星空?

桥有崇高目的：联结现实和梦境

2022 年 7 月 27 日

窑 变

坛头村，一掌心大的村庄
七月的烈日像喝多了酒，四处晃荡
把坛头村的老皮都晒脱了
变成了美丽乡村——
鸡、鸭、牛圈、猪圈的乡村元素
已成历史纪念物

这是一个精心构思、打造的乡村
容易让我迷失方向
我还是走鹅卵石铺设的老路。小巷里
藏着懿德堂、宾德堂这些旧物——
传统还没丢，最美的部分

一处两千余年历史的婺州窑
炉火竟依然旺盛
产品曾是海上丝路的抢手货
现在拥有一只即使当初用于乞讨的碗
那会是一种什么境况

我想说的,是窑变——
炽热的火焰,使釉发生化学剧变
一种惨痛的脱胎换骨

          2022 年 7 月 27 日

在田庐夜饮

喝酒，最多算错误，不是罪过
错在只能夜深人静时喝——
鸟都睡了，蛙鸣只剩两三声
天幕上，星星像遥远的理想
大地似乎像吃了安眠药一样安宁
错就错在以喝酒之名——
随着一声"好酒"的号叫
一条火舌，像直线一样入喉
冷气下沉，豪气上升
让沉默寡言者，滔滔不绝起来
让怯懦软弱者，胆，肥大了起来
心胸随之辽阔起来

田庐安静地守在田野上
门窗紧闭，不让一点妄议泄露在外
毕竟是上了年纪的老屋
旧砖旧瓦禁不起风雨的摧残

2022 年 7 月 28 日

田庐和潘午潭

拥有一处像田庐那样有学问的房子
可以自住。天天造人
孩子一出生就充满文化气息
可以开酒店。专为青年情侣服务
让他们的爱情直接进入坟墓
可以夜夜饮酒。酒酣耳热,胡言乱语
房子虽老,保密功能还是可靠的
可以成诗人之家。天天诗会
让他们互相揭露——骂娘,吵架

如果屋前还有像潘午潭那样的小湖泊
我就在湖畔广种杨柳
揭示春欣、秋败、冬衰的生命无常
并学灞桥柳,专为别离代言
弄几只游船,在湖里打架
长着苦瓜脸的成人,好久没这样开心了
但我最愿意做的是养一些聪明的鱼
让杀手惦记,背着沉重的希望而来
屡战屡败,屡败屡战,但不气馁

2022 年 7 月 28 日

武义的荷花

武义南部的荷花在武义朋友的嘴上
盛开很久了。赏荷的人
要么已在现场,要么在去的路上
他们可知,荷花是荷花仙子的红舞鞋
田田荷叶是荷花仙子的罗裙
单腿独立的曼妙舞姿,不怕魂被勾了去

我无缘到达。接天莲叶和映日荷花
都是错误的美丽
我又不能不想那花容月貌
这又是美丽的错误。其实我想最多的
是深夜街头买莲蓬
在深冬寒风中下田挖莲藕

我是一个多么不堪、不懂审美的人
坐车穿过武义县城,突然发现
武义被群山簇拥。群山像荷花花瓣
武义的朋友有福了
他们活在荷花之中,都是荷花之子

2022 年 7 月 29 日

明招山的高大上

明招山,在我梦外六公里处
我被同行者抛在了梦里
它是很谦虚的不高的山。根据
坐姿、走向、形状,像一个鸟巢
——确实孵化了许多思想
自南宋吕祖谦在此发轫浙学后
儒道释纷纷在这山沟沟里下蛋

中国士人一直有胸怀高远的大毛病
如"不如立德、立功、立言"
如"为天地立心,为生民立命,
为往圣继绝学,为万世开太平"
终身践行"修齐治平"
始终摆脱不了被摆布的命运

明招山浮现在我梦里,像一个岛
耸峙在大海上
其高,是不屈不挠的骨架

其大,是一代代不死的思想血肉

其上,是道德高地的极限

2022 年 7 月 30 日

经过宝石山

从宝石山经过,白沙泉
像死不瞑目的眼
数着那些坎坷的脚步
山上的草很高,四季不败
山花很多,就是没有玫瑰
谈恋爱的人,不要上山来
山上很多陌生的荆棘,突然跳出来
让我们不敢逾越

我不喜欢山,让我吃尽了苦头
至今让我不敢忘云彩、晚霞
让我不敢看苍穹
那时候,我躲在山里
不是我在找桃花源,只求一日三餐
我要不要感谢山呢

宝石山,很现实的存在,在初阳台
可以领略上帝的荣耀

我还是怨恨

它阻挡了我看世界的视线

2022 年 8 月 6 日

白　堤

看到白堤上那么多人春风满面
不能不想白居易指挥筑堤的情景
顶着烈日，苦战酷暑
迎着朔风，忍饮苦寒
挖掘一堆堆污泥，像清理门户
堆积一堆堆污泥，像堆积理想
就这样成就了一条不朽的堤
我每次从上面走过
不得不佩服白居易的智慧
柳树，一路栽过去
那么多人折柳，只为别离
桃花，一路栽过去
红尘滚滚，人间美好让人留恋
但我想说的是
白堤，是白乐天留给自己的墓碑

2022 年 8 月 7 日

苏 堤

苏学士料想不到,他修的苏堤

会成为一根扁担

一头挑着净寺,一头挑着岳王庙

一头挑着立地成佛

一头挑着杀身成仁

经常失衡——一头轻,一头重

当天灾人祸不断时,烧香拜佛的多

当民族危难时,读《满江红》的多

每当这时候,就把苏学士加进去

他既是佛者

也是热血沸腾的大文豪

值得庆幸的是,上千年了

这根扁担够坚实,从不曾断过

有人嘲笑我无知,没读过《寒食帖》

苏大学士是力透书法史的书法家

苏堤这一横是他一辈子的杰作

2022 年 8 月 10 日

苍穹的盾牌

西湖,一个城市的符号
一提起,就让人想起杭州
让人想起白堤、苏堤、岳王庙
让人想起苏小小,想起桃红柳绿
它就像剜不掉的胎记
深入到肉,深入到灵魂
在下认为,西湖是这个城市
对付苍穹的盾牌——
苍天垂泪,承接所有苦水
烈日作恶,收集所有热量
让一个城市成了幸福的城市
让一个城市风调雨顺,令人称羡
有人为之描画倾斜的眉
让它四季都眼含春风
有人终生厮守,梅妻鹤子
死了,孤山就成了他的坟墓

2022 年 8 月 11 日

旅 游

从自己待腻的地方到别人待腻的地方
如果这是对旅游的定义
我特别认可,
并是这种理论的积极践行者

远方始终是个诱惑。也许是一堆烂泥
我们会用想象,充满热情地
为之润色,使之丰满
寻找各种各样的理由,展开旅程

所有生命都是时间的旅客
从诞生的那一刻始
就开始了时间之旅。倘佯在时间中
浏览着时间提供的各种面孔

我们的脚,是用来丈量大地的
出于探索生命真谛、实现人生意义
我们不会囿于狭小的居住地
我们会不断拓展生存空间

旅游，生活的延续，也许略带风险

2022 年 8 月 13 日

英雄传说

仰慕英雄,渴望英雄
在他们身上添加各种传奇色彩
历史是名副其实的造假高手
我们又是那样心甘情愿受骗

成吉思汗的一剑,削平了山头
这就是平顶山的由来——
作为山,却没有头。如此突兀
这样的解释,你不信,我信

我亲自到山顶验证,不是科学考察
什么火山喷发,什么风化
科学有时老实得令人讨厌
又何必剥去那些童话的外衣

远望平顶山,似草原的八月之孕
站在平顶山顶,草原一望无垠
我激动地给远方发了短信——
草原真大,你来可以生无数孩子

2022 年 8 月 14 日

记一次草原日落

在我们回城的路上,遇到太阳下山
——不知道会落到哪家蒙古包
我盯着它看,把它的心看虚了
赶快扯了块乌云,把自己遮了起来

那可是一低头的温柔
那娇羞从指缝中漏了出来,满天飞
像打翻了颜料盒子
又像憋不住的笑声,散落天边的草原

落日,其实就是一块火红的锻铁
出炉后,慢慢变冷

我不再紧盯了,它也会疲惫
草原已做好陷入黑暗、死寂的准备
哪有不落的太阳
那是神话、传说,支撑人们活着

2022 年 8 月 14 日

草原沙化的原因

草原上只长草,越茂盛
越受赞美。不像在南方,田地长草
要受诅咒,要被连根拔起,刈割

草原上很少长树,长了
那是草原的荣幸,三百年修来的福
但它们会强烈抑制生长的欲望
故意不往高处长。这是生存法则

水草丰美,牛羊成群,像白云朵
马在草上飞,人在花中游
蒙古包的炊烟,在长调中飘着肉香
这是天上的草原

草衰花败。即使在春天
草也失去了雄霸天下的野心
风似强盗,席卷草原,刮起沙尘暴
这是尘世中现实的草原

草原沙化,是牛羊破坏之故?

2022 年 8 月 15 日

发现元上都

野火烧不尽。纯粹就是野火
几百种草,率领着它们的大军
冲进东华门、西华门、御天门、复仁门
翻过内外城墙
占领议事殿,废了许多任命
占领后宫,让三千粉黛失去颜色

每个角落,都是它们的了
它们娶妻生子,繁衍生息
金莲花艳丽如公主,可惜败了
不知名的小花,与风愉快地调着情
蚱蜢在草丛中蹦跳,像元朝的王公贵胄
成了杭州来的小伢儿的俘虏

我站在元上都的心脏——穆清阁上
视线往前延伸,燕山山脉起伏不定
马头琴吐出的幸福呻吟,已消失在历史中
我郁闷得吼了一声,惊起乌鸦无数

我下到城里，抚摸着厚实的城墙
它怎么就不堪一击呢

离开时，发现一只喜鹊停留在城墙上
叽叽喳喳，似幸灾乐祸

2022 年 8 月 15 日

我了解的草原

草原长草，也长中草药、灌木丛
长狼毒花，美得让人不敢靠近
长美丽月见草、紫菀、翅果菊、刺儿菜
没有羊群的草原，还是草原
可以养牛，养马，养鸟
牛卧着反刍，马站着沉思。眼神安详
一副世界风云与己无关的样子
鸟把人当亲人，会跟着车飞
草原的路，走着走着，会突然仰起头
像上天的梯子
羊是草原上最温顺的公民
它们自觉幸福，很安静，勤快地吃草
栅栏把草原分割成很多块，松松垮垮
它们竟是不敢越雷池一步
没发现牧羊人，也不见牧羊犬
不在现场，不等于没有

2022 年 8 月 16 日

野狼谷

野狼谷连绵的山脉,被撕下了
一块肉,留下了巨大缺口
没计算过狼的咬合力,它的狠劲
它的嘴能张大到九十度
直接能看到血红的喉管贪婪地蠕动
它一般不会主动发起攻击
只在被逼到死角,性命难保时
它绿油油的眼盯死你,盘算有没有胜算
它们极有组织性、纪律性,都是军事天才
翻看草原历史,人狼之间的战火
从没间断,互视对方为劲敌
它们退到边境线,拉扯,对峙
以致边境线成了凹凹凸凸的毛边
草原上没有狼了
牧人安全了,羊、牛安全了
想看狼,去野狼谷,它们被圈养着
可以不劳而获,彻底堕落成狗了
野狼谷的主人侃侃而谈,眉飞色舞
让人误以为,他才是草原上的王

2022 年 8 月 17 日

草原上遇雨

乌拉盖草原借雨幕,把自己掩藏起来

好像不喜欢我们这些陌生的探访者

不让看九曲河,它像蛇一样

优美地在草原上曲行

不让看贝子庙,虽然是光复的旧物

那也是神的居所

不会就此结束这样美好的行程

去掀起乌拉盖湖的面纱

一湖的静,带着草原的清香,弥漫开来

是草原雄鹰的眷恋之地

去看荒唐岁月留下的遗迹

把所有的教训看遍,并记下

安逸久了,需要这样的疼痛来提醒

穿着雨衣,坐着四无遮蔽的摆渡车

冷雨打在脸上,像针扎一样

2022 年 8 月 17 日

草原上的篝火

站在乌珠穆沁草原,像站在
大海边上。绿浪,滚到我眼底
又滚回到天边
远处悠闲的马,一边啃草一边回想
祖先铁蹄践踏亚欧大陆的荣光
扬鞭催马的人,像是天涯孤旅

暮色来得晚一些,还是来了
草原上开始飘荡烤羊肉的香味——
不能做绵羊。自古以来
都拿它们祈福,祭祀心中的神
喝下几两草原王酒,心潮难抑了
正确走调似狼嚎的歌声——
月亮先休息了,星星也躲避了

拿出一段偷采的晚霞,把篝火点燃
用我们的热情与寒冷对抗——
前恭后倨,温差怎么会这样大
一堆篝火,让草原的夜胆肥大起来

手拉手，跳吧，唱吧，笑出眼泪
我们都做欢乐的浪花

2022 年 8 月 18 日

草原上真正的主人

一

欢乐和痛苦同行。伟大的人
在这片古老的草原上也会显得渺小
没有谁真正拥有过草原
永垂不朽的是被我踩在脚下的这些草

二

不能从脸色上猜测草原的心事
多疑,阴晴不定
你以为气定神闲,它忽狂风大作
你在高兴劲上,它突来一阵暴雨
把你的热情降至冰点

幸福总不永久。痛苦也不因为绝情

三

不管你是谁,在草原上必须谦虚
苍天高远,草原辽阔
鹰看我,就像我看草丛里的蚱蜢

天空缱绻地斜靠在草原的肩头

羞色难掩，红霞乱飞

牛、羊、马，草原之王——狼，

万物之灵——人，都是他们的孩子

四

在草原中央搭一个帐篷，就妄称主人

造一个元上都，就敢夸占领

都是过客、旅客

或成为神话，或沦为笑话

2022 年 8 月 18 日

告别草原

行程只剩最后一段。用时如燃香
所剩不多。不禁平添了几分惆怅
不在乎的在乎了起来
不想看的也多看了几眼
呼吸也变得贪婪。猛吸,把草原的
清香都吞进肚子,溶进血液

像放电影一样,把这几天的精彩
又回放了一遍。譬如
花竞着艳丽,勾引蝴蝶
风勇敢地追着草,一直到天边
落日西挂,像一滴血
一丝不挂的月亮,它的明净,太假
像画在夜幕上的一样

我的胸怀,是山沟沟里的胸怀
我的视野,由山决定
我突然来到草原,"你是我的"
我高喊着,大叫着,却听不到回声

它的辽阔，让我手足无措

2022 年 8 月 21 日

渔浦渡

浙东唐诗之路上的一站。风很轻
吹不乱长长的思绪
太阳很猛,烤得鸟鸣都成了灰
刻有"渔浦"的石碑,嗞嗞地往外冒汗
我面朝宽泛的江面——
这些流经大唐的江水,从上游
蜂拥而至,又蜂拥而去
从不顾惜诗人的情怀
几条小船,不慌不忙,它们运载的
可是唐诗、宋词、元曲
江岸抛出去的钓鱼竿,一副姜太公
垂钓的样子——愿者上钩
我"啊""啊"叫了几声,
要抒发跟太阳一样浓烈的感情
想把李白、孟浩然、王维这些人的魂
叫回来,住进自己的心里
神灵附体,还怕写不出好诗?

2022 年 8 月 22 日

欢　潭

欢潭是一口井,把我引到它身边
让我看它的纯洁,尝它的甘甜
水深不过盈尺,不意味不源远流长
七角的奇特造型,令人遐想
边上芳草茵茵,烈日炙烤而不蔫
马缨丹、山桃草、箭叶秋葵的花朵
热闹盛放,像谄媚逢迎
岳家军经此,以井水为香醪,举杯痛饮
好井,洋溢着家国情怀

老一辈的欢潭村人说,欢潭井是一口
智慧之井。大司徒家庙的墙上挂满了
进士匾额,是为证
对远离家乡的年轻人来说
欢潭井是绵绵不绝的思念之源

同行的大许说他要带家人来住上几晚
也让欢潭井水滋润一下心田

2022 年 8 月 23 日

跨湖桥考古

从荒蛮到文明,中间如果有座桥
举步就能跨过去

参观跨湖桥文明遗址,灯光昏暗
我疑惑起来——
普照大地的太阳,还是当时的太阳
照拂我们灵魂的月亮,还是当时的月亮

八千年,够远了
这就是我们一直在寻找的生命源头
应该还更远,精子和卵子发生碰撞

站在那些天真烂漫的陶器前,哑然失笑
学会制作陶器
需要多大的灵光一闪

在独木舟前,我沉思良久——
从木头的浮力中,找到载人的逻辑
在还没有铁器的年代,刳木为舟

与欧洲、美洲同时期的相比
我们的先民一点也不落后

八千年,或更早,走到现在。太难了

2022 年 8 月 24 日

跨湖桥：一只蛏子

在跨湖桥文化遗址，发现一只蛏子
夸张的造型，让我怀疑
现在的蛏子该不该叫蛏子
它死在八千年前
它的肉体，已转化为先民的能量——
为人类的繁衍生息做出了巨大贡献
它的灵魂化成了文字符号——
在陶器上，发现了数字卦
先民在蛏子的偶数结构中，是否
发现了一生二，二生三，三生万
是否发现了祸福吉凶的生命密码

这只蛏子，企图提供有力证明
这里曾经濒海，曾经大浪滔天
先民已学会站在独木舟上看陆地
陆地是一条船，甚至是一条鱼
这种视角的转换，直接导致空间革命
可是最后还是回到了陆地

为争做一方土地的主人大肆杀伐
蛏子趴在橱窗里,回荡着大海的叹息

2022 年 8 月 27 日

跨湖桥：一支木桨

一支桨，像一个惊叹号，躺在
跨湖桥文化遗址的橱窗里
这是一支老了、旧了、惨遭变故的桨
在八千年的黑暗中，不敢腐烂
它在电闪雷鸣中，等待被发现
它是蒙昧年代派往现代的文化大使

这是一支刚刚远航归来的桨
把上还留有使用者的余温
全身灌满了使用者的力气
是主人甚至是全部落的心爱之物
用它驾着独木舟，捕鱼捉虾
或荡起双桨，带着家人，看海上日出

这支简单粗糙的桨上，所有的包浆
都是人类的灵光。发明这支桨
也许已摸索了几百上千年
跟现在的高科技、互联网一样的难度

跟在月球上跨出的一小步同等意义

这支桨告诉我，人注定要成为人

2022 年 8 月 29 日

跨湖桥：陶器

一群来自八千年前的客人。它们是
跨湖桥文化遗址的陶盘、陶碗、陶罐
歪嘴、偏唇、残缺、粗糙
那么不用心，恰恰让今人眼放光芒
应该请高明的心理学家分析它们
身体上的刺青，譬如光芒四射的太阳
是崇拜的太阳神呢
还是取暖的心爱之物
上白下黑，是否揭示昼夜现象
暗含对光明的渴望，对黑暗的鄙弃
排列有序的数字，是伏羲八卦的滥觞吗
如果是，只能说明
那时抽象思维的能力已足以让今人羞赧
如果是，一刀一刀地刻画
好像在说，我们已掌握自己的命运

2022 年 9 月 1 日

洛塘河,悄然无声

我把自己移出了杭州,我
把自己搬到了海宁
这里八月十六的月亮更圆
这里跟我怀同样心情的人更多

洛塘河,悄然无声,回到了万古孤寂
挂着的万古不灭的灯
被今晚的乌云,灭了
我们借助人间灯火,契阔谈宴

那张亿万人仰望的脸,每到这时候
真的都要端出最美的一面
它真的累了,疲惫了
允许它归隐一会儿,做一回隐者

有多少人,来不及欣赏它的美
他们弓着背,一直忙碌着
打扫那些仰望者丢弃的想法

需要仰望星空的人

更需要脚踏实地、目光向下的人

2022 年 9 月 12 日

观　潮

我以想象丰富钱塘江大潮的形象
它是陌生的、传奇的
势可排山倒海，力能摧枯拉朽
每秒流速十米，是长着锋利牙齿的
狼群，吞噬生命如小菜一碟

似冷兵器时代的两军对垒——
以绵延数十公里的长堤为一方，采用守势
已有几处被打掉了牙的旧伤
上面挤满了不怕事大的人
叽叽喳喳，一点也没感觉危险迫近

势在必得的潮水是另一方，攻势凌厉
在宽阔的江面上，排开长蛇阵
步伐整齐，交替前行，似踩着鼓点
始而悄无声息，要搞偷袭
继而锣鼓喧天，声壮如牛，公然挑衅

今年八月十七的潮水，肾虚
很快偃旗息鼓，招来骂声一片

2022 年 9 月 13 日

梁家墩的秋意

转一个弯,是紫叶酢浆草
抬一下头,是凌霄花的小喇叭
村头巷尾天天开着蓝花草
一个被鲜花宠爱的村庄
而此时,梁家墩已置身仲秋

来梁家墩,是为作壁上观
想从金戈铁马的钱塘江大潮身上
重新认识威风,认识悲壮
并从中汲取雄性的力量——
我就欣赏它们奋不顾身的样子

一个不爱花的人,未必懂生活
拒绝鲜花诱惑的能力明显不足
举着相机,给各种花朵一一留影
差点忘了此行的主要目的
梁家墩的秋意,在我的意料之外

2022 年 9 月 14 日

舞　台

洛塘河上，古舞台。在斑斓灯火里
上演一出出人间悲喜剧
我在它的彼岸
一边摇着扇子，一边呷着茶
跟着节奏，不懂装懂

一通锣鼓，波光潋滟
几声高喊，风起波澜
才子佳人，凄凄惨惨，悱悱恻恻
出将入相，威武，风光
哭是真哭，笑是真笑。沉鱼落雁

我的角色是观众
看他们浓妆艳抹，一板一眼
我何曾不是演员，在人生的舞台上
接受众多目光的检阅、审视
我只是本色出演。演甜酸苦辣

2022 年 9 月 15 日

在红寺堡

在红寺堡,我端着一杯红酒
与贺兰山对望
正值秋天覆盖古西夏大地
草木挣扎着不想死去
采摘下的葡萄,堆积在阳光里
招来蜜蜂无数,像入侵者

葡萄架跟着掺着阳光的土地远去
风摊开广袤的手掌
撩拨着左公柳、白桦树的裙裾——
葡萄园的看守者
那颗颗紫葡萄,是谁的眼珠

我把红酒一饮而尽
这葡萄的血,补充了我干涸的心田
我热血顿时潮涨
我骑上骏马,奔驰在《满江红》中
贺兰山留下众多缺口
但不是我踏破的

2022 年 9 月 18 日

水洞沟先民遗址

冒着细雨,走进宁夏水洞沟
看望三万年前的人类祖先
这时候人应该是人了——
前额狭窄,颧骨高耸,嘴巴宽大
他们的身体依然不着一物
裸露的女性闪耀着母性的光辉
他们的眼睛眯成一条线
已透着智慧之光
他们用火取暖,抵消北方的寒冷
用火烤猎物,香溢四野
还没进入铜铁时代
用石头制成各种狩猎工具
动植物不知死了多少次、多少代
他们往前走的脚步没有停
一次地震,或一次气候异常
让他们遭受无妄之灾
逃到了南方?或横渡了太平洋?
他们到底去哪儿了呢

2022 年 9 月 20 日

一段明长城

一段明长城，横亘在宁夏大地上
它已是残缺不全，像一条蟒蛇的僵尸
留下众多豁口，让我们一脚跨进古代
高大威武，挡不住岁月的摧残
武功已废，只作风景，供人瞻仰
我在一烽火台上，身后
是绿浪翻滚的蒙古野性草原
牛羊肥美，骏马驰骋，一片祥和
这堵墙挡住过他们的视野
欲望驱使他们不断地做翻越动作
长城成了双方相互拉扯的一把锯
身前，往南是富饶的四川盆地
往东是一览无余的华北平原
如果没这堵墙，铁骑可长驱直入
有人认为，这堵墙确保了大明一时安宁
我们在长城内外寻找沉沙的折戟
磨洗之后，认认前朝旧事

2022 年 9 月 20 日

仰望贺兰山

白天,紫外线给它多少疼痛
夜晚,月亮就给它多少温柔
它是父亲喜马拉雅和母亲燕山之子
在崛起中,招来多少恨意。以至
被剥夺完了砂和土
它是银川平原的完美守护神
抵挡着西伯利亚的寒风——
像刀子,刀刀见血,刀刀入骨
它又好像是一个民族的心头之痛
岳武穆以踏破它为荣
大明朝在每个能过人的山口
能过人的山沟都扎紧了篱笆
唯恐它逃走,或被偷
"岁月失语,唯石能言"
那些岩画,入石三分,能告诉我什么
太阳神坐在最高处,带着坏坏的笑
那么丑,又那么被人崇拜

2022 年 9 月 22 日

塞上江南

土地多得，冲出了地平线
土地肥得，让地主老财眼红——
所产稻米，如乳汁凝结
所产枸杞，如一滴滴活血
千里葡萄架酿造了妖冶葡萄酒
让乾坤倒转了何止千百回

黄河之水，奔流至海，忍不住
突然拐弯到这里
贺兰山站在北纬 40 度线上
西伯利亚寒流想做翻越动作
觉得太难了

它如妙龄少女，错误在于太美
成了义渠、党项、鞑靼、瓦剌的
争抢对象。明说爱她
实则伤害她，蹂躏她、污辱她

2022 年 9 月 23 日

西夏王陵

党项族,大白高国。他们的人呢
好像在地球上走失了
好像一股狼烟,被风吹断、吹散了
死亡的文字如天书,带走秘密

我站立的河套平原是他们的故园
他们曾是这里四季的主人
像鸟一样勤劳,像骆驼一样坚忍
还拥有许多闲暇时光
骑马,打猎,聊天,垂钓
被大宋视为宿敌、劲敌、麻烦制造者

只有贺兰山东麓的王陵还在坚守
墓塔被誉为东方金字塔
塔身千疮百孔,内心何等煎熬
我在王陵中肃行
一只喜鹊,像西夏王灵魂的化身
始终在我的左右飞……

2022 年 9 月 23 日

贺兰山和我合影

掐指一算,遥远的贺兰山风和日丽
于是打了飞的,直奔而去
贺兰山向我展示了庞大的块头
瀑布似的身板。钢筋铁骨似的肌肉
秀着黑色的力量
他是塞北的宠儿,为兵家必争
恨他的人,恨他不可逾越
爱他的人,嫌他阻挡不了铁蹄
爱和恨都往他的身上扎刀、射箭
伤口处处,疼痛难忍
我用怜悯的眼光予以抚摸、安慰
刹那进入了他的梦境——
三千年以前的这里草木葳蕤
人兽杂处,和光同尘
石头摄下一系列生活场景
我走出梦境,固然发现了岩画——
字或画,都是为了防止忘却
临别,他拉我进怀,要求合影

一只岩羊溜进了镜头,悒悒惶惶——
刚刚从岩画里跑出来的吧

2022 年 9 月 24 日

沙漠里的湖

塞上的沙湖,是沙漠的眼睛
爱它,跟爱真理意义同等
鉴于此,江南的我顿生怜惜之情
不说浩渺,只说澄碧
做沙湖里的水草是幸福的
芦苇丛的长睫毛,随风而舞
把秋日的诗意,往四下里纷披
白鹭数点,如不系之舟
一圈圈涟漪,如录着旧时光的唱片
鱼翔湖底,它们饮着甘露
清汤鱼头,堪称一绝——
鱼食虾,人食鱼,时间吞噬人
云在沙湖里飘着,如姑娘所浣的纱
蓝天倒悬,把快艇当成了飞鸟
没有湖泊,沙漠将重回晦暗
就像所有动物,失去视力
将陷入彻底的绝望

2022 年 9 月 24 日

睡在贺兰山麓

在贺兰山东麓的几夜,睡得死沉
遨游在五彩斑斓的梦中
几乎把贺兰山忘了——
它站在黑暗中,忠诚得寸步不移

有贺兰山父亲般的担当
有黄河母亲滔滔不绝的奶水
这片土地成了富饶的塞上江南
养羊、牧马;种果树、种庄稼
也生长荆棘和野草,野心和欲望

秦长城、隋长城、明长城
逶迤于贺兰山麓、黄河之滨
——简直成了长城的故乡
无法阻止兵燹蔓延,哀号四起
无法阻止城头易帜,王朝更替

我突然明白,能让我安生的,不是
抱着贺兰山,头枕古长城

2022 年 9 月 25 日

塞上的雨

塞上喜欢下雨,就像江南渴望下雪
塞上朋友说他喜欢戏雨
从头到脚给淋个透,像全身
被爱吻了个够
看他被毛乌素几个沙漠包围着
他的话我信
于是,对雨也添了几分尊敬
来塞上的第二天就赶上了
从水洞沟三万年文化遗址开始
这雨一直跟着,像从古代跟到现代
焦渴的土地如狂饮乳汁
经过洗礼的原上草,分外精神
本要蔫了的花,像又重获新生
卧在沙地上的骆驼,眼角都在笑
坐了牛车,又坐驴车、骆驼车
赶车的老汉情不自禁唱起了小调
　"拉手手,亲口口,
牵着手,去旮旯旯……"

2022 年 9 月 25 日

贺兰山下品红酒

它一半是火焰，一半是柔情
它是阳光连带着果皮，酿造而成
明显带着滚烫的温度
当我的舌尖试图去尝试，会
紧张得往后一缩
当它经过口腔，冲进喉咙时
整个身体如绷紧的弦
肠胃开始工作，一股暖流挹注胸腔
骂骂咧咧一声赞美——好酒
殊不知喝下的是日出东方的朝霞
是日至中天的情怀

涩，成了它贺兰山般的骨架。
甜，是它傲骄的幸福指数
酸，是它绵绵不绝的爱意
辣，激活你沉没已久的激情
看它冲进杯子，就像勇士赴死
看它挂在杯壁，如清泪欲说还休
我还要说：它一半天堂，一半地狱

2022年9月26日

石 磨

石磨,在三万年前就存在,信吗
它在宁夏灵武水洞沟遗址的展览馆里
是重要的生产、生活工具
三万年,恍如眼前,如何没了的
都是这石磨磨掉的

它让我毫不怀疑人类早已存在
它让我相信那时候已有种植和加工
它让我见识了那个时候最先进的工具
现在还使用着,连碾齿都不作改变
这让我惊悚和悲哀

更让人吃惊的是推磨方式——
北方磨盘大些,多用畜力
南方的轻巧,用人推
磨掉的是粮食,是日子,是欲望
粉碎的是耐力,是个性,是进取心
亘古一然。历史最悠久的笑话

2022 年 9 月 27 日

塞上杨柳依依

走在银川平原上,看到最多的树木
是杨树和柳树
它们坚守着脚下这片土地
活生生制造出了一个塞上江南
我分不清杨树和柳树
枝条蓬勃向上,向天再借三千年的
是杨树——
没有什么可以让它向命运屈服
枝条垂直向下,尽展婀娜身姿的
是柳树——
深谙以柔克刚,偷取时间匹缎
行走在杨柳迎送的银川城街头
甚觉欣慰——
被历代文人宠坏了、咏坏了的它们
终于可以为塞上添一抹绿
为梦想提供平台,杨柳和银川平原
它们一拍即合,这叫缘

2022 年 9 月 29 日

干杯,在古西夏的土地上

在古西夏的土地上,值得干杯的太多
要为黄河干杯。它突然到来
留下一个肥沃的河套
像巨龙下了一个蛋,又自顾自走了
要为贺兰山干杯
它雄浑的体魄、高耸的力量
顶着塞北亘古邈远的天空
要为那些貌不惊人的草和树干杯
这些野草,一旦生根、发芽
就会像野火一样燃烧,直至消灭沙漠
这些杨树、柳树,从奶水丰沛的江南
迤逦而来,成了坚定的守护者
要为西夏王陵干杯
这些国王和贵族,生于斯,长于斯
成了这片土地生动的灵魂
要为在塞上邂逅的朋友干杯
他们经过严寒,心头的爝火不熄
拉着家常,似乎已认识很久

2022 年 9 月 30 日

台州狮子山

疑似银河搬到了台州地界
黄岩城区灯火辉煌,群星璀璨
天上人间?人间天上?
趴着的狮子山,它怎么看

风理着狮子山的云鬓
黑夜的催眠曲,没让它进入梦乡
沉睡,给它留下过深刻教训
它要做一头睁大眼睛的醒狮了

狮子山的积极态度,引起重视
——拴着的狮子,类犬
有人做了宏伟规划,要投资开发
它的八面威风和怒吼

连夜驱车上狮子山,上"曼梦星城"
不是来做梦,来寻梦——
狮子山的梦,狮子山前大地的梦
——做自己的梦,让他人说去

2022年10月6日

在狮子山的注视下

永宁江不负所望,保持安静
这出于它的本性?
有两岸钳子一样给钳着
有狮子山睁圆了眼睛给看管着

它受命浇灌两岸土地,勤劳的
像用原浆酒招待客人
上千年梦想堆积的土地
能不肥沃?

头陀镇是永宁江边的一个小镇
三教九流时不时在这里小聚
儒、道、释,在这里生根发芽
禅意、仁心、仙风,盛行

在头陀镇上走一走
贩夫走卒、引车卖浆者充斥
也有衣冠楚楚的大厦矗立在旁
一个仍在做着春梦的小镇

2022 年 10 月 7 日

溪上村行

我认识两个村：溪上村和溪下村
溪下村在山腰
溪上村在山麓
没情怀，不会这样谦卑

我去溪上村时，稻田正上色
无数只乳房，正从发育走向成熟
柿子树、橘子树的果实
都贮满了荷尔蒙，让枝条不胜其力

溪上村在元同溪上
溪水流自五千年？一万年？或更远
我们都知道是狮子山的乳汁
委婉曲折，养大一座村庄不易

溪上村的田园风光，是一幅油画
有一个人在村里走着，哪是我
你看我那散乱的眼神
那叫"山阴道上，应接不暇"

2022 年 10 月 7 日

雨中鹿城

傍晚到鹿城时,洋洋洒洒下起了微雨
不像白鹿,衔花而来,我们携带喜雨
你看那些在雨中欢呼的鸟雀
那些在秋风中精神抖擞的大榕树
那些似乎换了新装的大厦
这无疑是一个焦渴已久的城市
我要分享此刻这城市美好的心情
雨滴在伞面愉快地弹着琴、跳着舞
河边精心打造的小道,穿着暮色
行人不多,也许正在家里怡情小酌
小河缓缓地流淌,不急于赴龙王约会
河边夜钓者,不断起竿,抛竿
他钓的不是鱼,而是寂寞
万家灯火从两岸的窗口尽情倾泻
小河银光闪闪,像极意欲腾飞的巨龙
我加快了脚步,要走得更远
我感受到了这城市的温度和活力

2022 年 11 月 7 日

华盖山上怀谢灵运

登华盖山，一边走，一边欣赏落叶
目送我们的是先贤谢灵运——
昨日的太守，今天的城市之魂
没有灵魂的城市，就是一个荒蛮部落
康乐坊、谢池巷、大墨斗、小墨斗
池上楼、春草亭……
在替他倾听蟋蟀的欢叫、雷雨的声音
泥土的呼吸，及瓯江的滔滔不绝
他应该感谢这片土地，对他那么深情
他是运交华盖时到来的
这里为他打开了呼吸新鲜空气的窗
他把恨转化为对山水的热爱——
灵魂和肉体一并参与了进去
他不再写玄言诗，只记录自己的心情
不经意成了山水诗鼻祖——
他的诗是一棵植物，吸着他的血水长大
他目不交睫地站在华盖山脚，酝酿新作？
华盖山，不高山，那是因为近看
你离它越远，它便越显高大

2022年11月8日

江心屿

确凿无疑它是一艘船，一艘大船
逆流而上。顺流而下
顺流而上。逆流而下
它是一艘在江中央抛了锚的船
它的命运由水决定
两根高耸的桅杆，一杆已没了头
帆影猎猎，早已被时间偷走

它是温州人的精神家园
装载极其丰富
宋高宗赵构在此留下过狼狈相
文天祥在此留下过满怀豪情
可在江心寺里品茶，与诸佛晤谈
还搭了许多诗人留下的诗篇
谢灵运、李白、孟浩然……
个个都不是省油的灯

我来温州时，江心屿正被烟雨关注
而渡轮来往穿梭，抱怨不能休息

2022 年 11 月 11 日

塘栖行

塘栖的风景,没出乎我的意料
一棵树,在水中,裸露着
似乎向天呼喊
我用想象赋予它树枝和茂密的树叶
让塘里长满杨万里的莲叶和荷花
再长满朱自清的荷塘月色
叫一只蜻蜓立上头
再加上一些蝉鸣、蛙叫
然后,"鱼戏莲东,鱼戏莲西"……
但我觉得,塘栖是个古镇
仅此是满足不了它的欲望
我必须给它加一些内容
譬如加进严子陵,丁山湖不能缺钓者
加进李白,"忽复乘舟梦日边"
但我更愿意加进稻花香——
好久没在田坎上走了,有必要
回忆一下苦涩的岁月

2022 年 10 月 12 日

梦中超山

超山,高大突兀,是不是因为
丁山湖让自己矮下了几分
是不是丁山湖让自己成为镜子
让它端坐在前,精心梳妆打扮——
春天,增加些绿色的忧愁
夏日,增加些葳郁和勃勃生气
秋天,去繁就简,去芜存菁
冬日,开些梅花,让人产生误解

超山,意味着超脱,超然物外
这是它居高不傲的生活态度
还是人们对平原一望无际的失望
对生活平淡无奇的厌烦
一座山的出现,让人们充满期待

超山,自古以来存在于这片土地上
长期以来存在于我的心目中
这一次已离它很近
但还只是在远处,多看了它几眼

2022 年 10 月 13 日

悠悠古海塘

只能用一种苦难对付另一种苦难

酷暑、寒冬、飓风、恶浪——
它们没有怜悯之意，同情之心
拨开历史云雾烟尘，我们会发现
无数劳力站在污泥浊水中
把一根根木桩钉进大地，把块块条石
在吭哟声中垒起来
他们的泪水、汗水、血水混杂一处
许多人倒下去，成了鱼鳖
古钱塘江海堤绵延三百余公里

我们把钱塘江壮观的潮水视为风景
可是，它曾肆意横行杭嘉湖平原
让天下粮仓成为旷野、盐碱地
无人居住，一片荒凉
成为野兽的巢穴，虾兵蟹将的天堂

不愧于大禹的子孙，要用捍海长城

缚住恶龙。不管用鱼鳞塘、竹笼塘，或
用木柴塘、石板塘
发掘这些英雄的遗址，进展览馆
向今人揭开历史的伤疤——多疼

2022 年 10 月 13 日

另眼相看丁山湖

丁山湖很低。我不敢低看它一眼
企图从小径抄袭它的后路
转来转去还在它的眼前
它无处不在。它分割了塘栖村、
丁山村,让它们成了岛

一只白鹭,在水面上悠悠地飞
倒影在水里化为鱼
它忽地一个俯冲,把采菱船惊得
掉了手中的菱角。几声脏骂
让白鹭羞得收起了翅膀

天光和云影,成了湖里物种
喜欢打捞的人,晚上可捕无数星星
湖虾,鱼类,秀色可餐
螺蛳大量繁殖,争夺湖底世界
真相,永远在波光潋滟的水面之下

2022 年 10 月 13 日

大运河第二通道

在杭州,大运河有第二通道
悄悄地开挖,悄悄地通航
好像什么事都没发生
待我知道后,河上已修了二十八座桥

"京航大运河,古今交汇处"
在这简单的题字前,我凝思良久

一个作家说,河流被强制改道后
会产生一个全新的格局——
太阳离开大海,从运河上升起
月亮船改变航向,从运河上落去

喧嚣是种病。之后,需要宁静
繁忙,需要缩短距离
生命,需要准备第二通道
让老的负责美丽,让新的努力工作
任何安排不会令所有人都满意

2022 年 10 月 14 日

临平道中

临平道中,昌建兄送我他的大作
让我多一些知识储备
临平的超山,道家的名讳
山顶却是佛家的寺庙
佛道两家若有矛盾,我如何应对

临平所辖丁山湖,湖畔站满了
古老的枫杨,谦虚的作别柳
更有古镇塘栖。我最怕古镇之古
那门楣上的文言文,不认识我
古色古香的街巷,能容俗身否

同行的,都是饱学的作家、诗人
小心翼翼跟在身后,陪伴左右
在田野,多问问小花小草
在运河码头,心随汽笛去远方
在古海塘上,它带我走进了历史

"不是朋友不相聚"。明华兄作结

二十九楼的开元酒店,把我们当酒杯
举了起来。碰杯如撞洪钟
"哗啦啦",那都是友谊的声音

2022 年 10 月 14 日

古镇甪直之晨

古镇抿掉最后一盏灯影,从悠长的
桨声中醒了过来。在晨鸟的欢声里
纳霞亭开始吐纳朝霞
眠牛亭里的眠牛开始奋蹄
香花弄不忘职责,让香飘溢每个角落

我在古镇的石子路、石板路上走着
这些从历史深处生长出来的街巷
从城内涌到城外,延伸到远方、未来
它们身上层层叠叠,撂了古今多少脚印
从不加区分贫穷、富贵,卑微、高大

小河两旁林立的商店开始开门纳客
高大的樟树,忙着作揖,彬彬有礼
晨风串街穿巷,把各种消息带往各处
但小镇依然宁静——
虽繁忙,仍有序;虽喧嚣,仍从容
古镇并不沉重,笑容开阔、轻松

2022 年 10 月 24 日

甪直的河网

我不想把这些纵横交错的河道
比作绳索,把古镇像捆粽子一样捆着
几千年的历史,好像是挣扎史
即使多收了三五斗,依然瘦骨嶙峋

我只想把这些精心编织的河网
比作血管。汩汩流淌的新鲜血液
让古镇旧颜如新,春春永驻
只要河水不竭,热血继续热着
梦想如月,永远滋润那颗古老的心灵

那么多桥:众安挢、万安桥……
这些发旧的名字,暗藏痛苦的期盼
阅读古镇,好像走在迷宫里
还好,总有桥,让你到达彼岸

河水如岁月,悠悠流淌,永续不尽
我坐在船上,船娘哼着小调

一个垂髫小孩在桥上看风景

我向她挥着手,像是跟未来打招呼

2022 年 10 月 24 日

甪直保圣寺的银杏树

是所有逝去生命的墓碑
是成功挣脱时间束缚的纪念碑
"活着,或者死亡"。它一直纠结——
不想成为风景,被议论纷纷
它是风雨、雷电合格的敌人
身上布满嘴巴,说着无人能懂的方言

它是 1500 岁、忠诚不二的守护神
眼睁睁看着保圣寺成残垣断壁
眼睁睁看着陆龟蒙留下诗文,走进墓地
现在守护着叶圣陶的灵魂。那可是
赞扬它是"高高的银杏树"的人

它是树王、树神、活化石
一直在注释着什么叫旺盛的生命力
没有人把它的根、皮、叶子、果实当药
但确实能医治虚无、颓唐、轻生……

要问它为什么能活这么久——

根壮如龙,紧紧地把土地搂住不放

2022 年 10 月 25 日

满城飘着桂花香

太阳直勾勾地照着,明显表现出
对古镇甪直的偏爱——
蓝蓝的天空,放低了身段
高楼挺了挺身子,明显高了许多
河网交错,街巷纵横
一切井然有序,间或抑制不住生机

秋天比我到甪直古镇稍早些
似乎是提前去做预备。果不其然
满城落起了桂花雨——
金桂、银桂、丹桂,都赤膊上阵了
公园里的小路变成了花径
我们小心翼翼,不知脚踩往何处

满城飘着桂花香——
好像成了风的礼物,到处派送
让我宁静,让我一路风尘全部抖落
非常熟识,又搜肠刮肚找不到词形容
哦,它原来是这城市的体香

2022 年 10 月 26 日

角　端

到了晚上，角端的脸阴沉了下来

角端是出乎意料的怪兽——
狮身、龙背、熊爪、鱼鳞、牛尾、犀角
却是角直的镇山之物
专捡风水宝地蹲着。可怕的是
它日行一万八千里，懂多种语言

在夜晚朦胧的灯光下，它的独角
怒指天空。为什么愤愤不平？
它那比脸还大的环眼，明察秋毫
眼眶里洋溢的是深情，还是泪滴？
是对这片土地爱得太深，还是过于失望

它硕大的蹄，踏三江五湖
一奋，就震天动地——
它是公正、公平，法律的象征
让心怀叵测者、谄笑献媚者如坐针毡

如果真有这种怪兽,就月朗风清了

谁都知道,它是绝望的产物

2022 年 10 月 27 日

宝石山

猛一抬头，宝石山横亘在前
趴在那里，像卧蚕
对像我这样渺小的人来说
它已足够高大。高大得像屏风
把我和西湖生生隔开
要看西湖，需借用很多时间

我就喜欢它那副闲适的样子

它不能把自己抬得太高
它不能做上天堂的垫脚凳
它不能矮下几分。那样
满足不了人们征服的虚荣心
经过成千上万年的反复拿捏
现在总算恰到好处

山上刻满了对它的赞美词
它真的在乎？

2022 年 12 月 29 日

第三辑 呐喊

挣　扎

风,在树枝上挣扎
水,在鱼嘴里挣扎
季节,在时间里挣扎
欲望,在我身上挣扎

所有的生命终被时间抛弃
争取平安、快乐地活着
然后,挣扎一下
希望有一个完美的结局

在感情里挣扎
在财富里挣扎
在贫穷里挣扎
在死亡线上挣扎

没有谁,不在挣扎
她的笑,多么勉强
他的哭,挤不出眼泪
所有的挣扎,都是徒劳

2022 年 2 月 12 日

突 围

走进深山,即被群山囚禁
走进森林,就成树木的囚徒
走进城市,即失陷于楼群
走上街头,即在十字路口迷失
阴森森,山魈的叫声
黑魆魆,森林神秘的传说
严肃,又极端相似的窗口
纵横交叉、擦身而过的汽车
这时最需获取一种巫师的能力——
能让青铜铸的蛇爬行
让花岗岩雕的石像,发出笑声
使狗大段大段地说出人言
在波涛和云端上行走
能穿山而行,能变成年轻人
老年人、老虎、蝼蚁
甚或,把我变成你,把你变成我

突围,最重要的手段
废除与事物的秩序相违背的旧律法

并且,要富有牺牲精神
让那些满身污泥或血迹的人都来找你
帮他们擦拭灵魂上的污秽

2022年2月13日

拯 救

行星撞地球,要拯救
物种灭绝,要拯救
命悬一线,要拯救
感情的废墟,要大力拯救

今晚的马路,好像加宽了些
今晚的风,带着香水味
我心里的猿、脑里的马
都关在玻璃窗内
用铜锁锁着,用铁链系着

谁都是拯救者
谁都是被拯救者

所有的死亡,将化为露水
成为所有植物的汁液
化为星星,布满天空
成为钻石的光芒,鸟的羽毛

2022 年 2 月 14 日

呐 喊

我们的呐喊,那样软弱无力
都成十二级台风了,撼不动一座山
都成汹涌的洪水了,冲不出堤坝
仅让半枯不枯的叶片,晃悠了几下

我们怀疑自己的能力
肺活量太小,喉管太细
可是,我们一味地音高八度
是否有被称为疯子之虞

我们怀疑自己是个蠢人
跟盲人,谈色彩如何绚丽斑斓
跟聋子,谈旋律多么空灵优美
这样超低级错误,怎么能犯呢

我们继续声嘶力竭地呐喊
喊破了嗓子,每个声音充满了血
那些沉睡的声音,也醒了
那些胆怯的声音,也突变洪亮

2022 年 2 月 16 日

自恋的叶子

赶紧把最后一片叶子落尽,别像旗帜
站在顶端,自我表扬——
不过借了风的力量
如果连死亡,都可以炫耀
这种残酷,到了哪个级别了呢

赶快把最后一片叶子落了,继续站着
只能成为一处失败的风景
别让人劳神费力,浪费时间
那些仰望的颈脖,如果酸了,劳损了
罪过,岂是一阵暴雨洗刷得清

享用过无限风光,怎么还留恋了呢
这片充满欲望的叶子
水分已失尽,身薄如蝉翼
不要留什么伟大的遗嘱了
在深冬中下来,仍不失为优雅

2022 年 1 月 11 日

风　暴

诚然，风起于青萍之末
风暴源自愤怒的积累

我们都喜欢清风轻拂，惠风和畅
喜欢春风把万物化育
喜欢夏风可以当扇子
喜欢秋风开染坊，把山川染色
喜欢冬风做鞭子，教训不孝之子

有人把风暴不当回事，但
即使是茶盏里的
也会让茶水溅到桌面，弄脏衣服

老百姓知道风暴够劲
有移山、翻江、倒海、催死的本领
早早就躲开了
无辜被殃及，自认倒霉

2022 年 9 月 23 日

哀 歌

那片土地裸躺着,经过一冬天
那些枯萎的生命,又复活了
土地上的那幢房子,作为守护者
经受住了时间的冲击
只是,住在房子的老主人
没遵守与时间偕老的诺言

屋前的路,越活越开阔
羊肠山路,宽阔公路,通衢大道
从山外通到山内
鸟飞,羊走,现在车水马龙
把个个时间串起来
把每个生命的片段,串了起来

这片土地,会易主,不会烂掉
那幢房子,可能会变为宫殿
山里的寂静,可能会丢失
跟老主人,再无相关

屋前的路,像命运女人手中的线
说掐断就掐断,过于无情

2022 年 2 月 25 日

力　量

我需要一种摧毁我的力量
别以为我矫情
麻木不仁太久了
我需要惊堂木，需要警钟

我接受了大自然的邀请
新鲜的力量，随处可见
那些藤蔓，占领了墙壁，不久
它们的花朵就要悬挂整个空间
我看到了春笋，突破黑暗
掀开重重的磐石
我惊诧于它们的表演

我承认我是顽固的堡垒
但不堪新生力量的一击
我甚至喜欢上了这种激发怜悯
令人恐惧的力量的奇妙作用

欣喜自己没有绝对堕落

沦为历史潮流的敌人

2022 年 4 月 11 日

冷　了

冷了就冷了，无可厚非。大不了
衣服加厚点。走路时，两手插兜
也不失为一种风度
如果别人成了你的火炉，要感谢
对抱团取暖，要理解和支持

不应该说一切善和恶源自太阳
下雨或阴天时候，太阳不在
我们依然要爱它
一切责难和埋怨，于事无补
改变不了它的高度和角度

我们都活在季节的节奏里
包括土地、河流、森林及一切动植物
季节感情丰富，跌宕起伏
一切来自肉体，没经过思考的咆哮
都不应提倡。这是徒劳的冒犯行为

冷，对所有人都是种考验

2022 年 11 月 14 日

青藤老人

他在"几间东倒西歪屋"中悲凉死去
后人却以他为傲
专门拨地,为他建富丽堂皇的纪念馆
他的"笔底明珠"满足了一个城市的虚荣

郑板桥愿意成为他的门下走狗
齐白石恨不能早生三百年,为他磨墨理纸
他的艺术成就,一座仰之弥高的山
他的孤苦落寞,似万壑深渊

屡试不中,诗文却成"有明一人"
从中我们读出了他的叛逆和反抗
他疯疯癫癫地活着,谨小慎微地活着
可见当时生存之恶劣,命如蝼蚁

"一个南腔北调人"的死去
是对没落王朝的莫大嘲讽
哪知,他是一颗蒙尘的恒星,擦拭之后
他的熠熠之光,让五百年后的今天晃眼

2022 年 5 月 6 日

越大夫文种

"去拜访一下那个可怜的人"
在越城的一个早晨,找到文种的墓
在府山上,一青冢一墓碑而已
身上露水未干,长满了青苔

未参透伴君如伴虎的深刻道理
越大夫文种死在忠诚,更死在恋栈
跟他一起出来混的范蠡,高明多了
留言:越王长颈鸟喙,鹰视狼步
可与共患难,不可与共乐,快逃

文种是被赐剑自刎的。虐杀君臣
成了以后帝制中国的标准动作
从此,传统的士,将情怀变卖
多了一副奴颜的面具
多了一副下跪的护膝

墓地边上,长满"卧龙瑞草"

制作成茶,能清心明目

摇曳在风中,似乎给行人提醒什么

2022年5月7日

谒叶圣陶墓

他静静地躺在曾是他的校园的一隅
纵有千言万语，也不再开口
像这片土地一样缄默
千年的银杏树，终于等到他归来——
用春天的绿荫，遮蔽他炎热的夏天
用秋天的落叶，覆盖他寒冷的冬天
保圣寺在边上近乎固执地不死
好像专为他而建
因为他叫叶圣陶啊
我慕名而来。天空似乎经过了雷雨冲洗
没有一点污迹
飞鸟相互还，自由自在——
这是他所希望的吧
他亲自主办的"生生农场"，庄稼茂盛
垄间播种童稚的声音，不知熟了多少茬
这也是他所希望的吧
在不远处，睡着晚唐的甫里先生
每晚，他们都要进行灵魂对话——
为官，为人，为学，议题广泛

2022 年 10 月 30 日

永嘉大师

永嘉大师是谁？南怀瑾先生称他为
温州最有学问的人
他手持禅杖，站在松台山脚
一副尘土满面的样子
他从大唐载誉归来？
跋涉一千余年，一路褒贬毁誉
依然鲜明地活在挑剔者的心目中
他从六祖慧能处归来？
被留了一宿，遂被誉为"宿觉禅师"
禅思从此似瓯江之水浩浩汤汤
他的目光，不能用坚毅、锐利形容
他的眼眶里，洋溢着智慧和宽容
他的"东土大乘经"，被刻山镌石
山和石因此而充满灵性
纪念他的净光塔为松台山增加了高度
最高的山，也不辞抔土
最高的塔，也不能从顶层始建
我登上最高层，环视鹿城——
今非昔比，不知胜唐时几许

2022年11月8日

水心先生

水心先生，名叶适，居温州水心村
我们近邻，从没见过面
他是南宋时人
是一个识文断字、著名的农民
经营着一个遐迩闻名的菜园
种植义利并举的事功学说
他博采众长，辛勤耕耘，成绩斐然
菜园竟成了引起骚动的永嘉学派
我们都是他菜园里成果的受益者
改造社会，从改造灵魂开始
温州人身上流淌的特殊血液
让他们在万人中被一眼认出
我们高举义和利组成的十字架
走南闯北，把脚印留在世界各地
"一片繁华海上头，从来唤作小杭州"
这是古温州人的愿望
现在的温州人眼界何止开阔几寸
我离开水心村也好多年了
水心村早不是孤悬城外的破烂村落

2022 年 11 月 9 日

浩然楼

站在江边,犹如巨人的身影
在江心屿,浩然楼是一座很小的楼
不妨碍我想起孟夫子的那一句:
"我善养吾浩然之气"

脚边流淌的是历史悠久的瓯江之水
头顶徘徊的是青天白云
文人墨客登楼览胜,将千片帆影
化作了一声浩然之叹

我以为对此楼的命名跟孟浩然有关
"借问同舟客,何时到永嘉"
他的迫切心情跃然纸上
他的向往和赞美让小岛又高了几分

又觉得跟宋文信国公祠在旁有关
"人生自古谁无死,留取丹心照汗青"
文天祥的浩然正气弥漫在历史中
江心孤屿是他留在温州的一个脚印

2022 年 11 月 10 日

父亲的骰子

骰子掷去了，就这样了
父亲把我当骰子，赌他的人生
没达到他的期望，也没让他太失望
父亲属于惨胜

我的父亲，是很有想法的人
世代为农，他想当工人
工人当了后，又想当商人
可是，他大字不识一个

我兄弟姊妹都是父亲的骰子
他加大了投入
他有朴素的计算方法——
总有一个能实现他的愿望

一想起做骰子的日子就伤心
常让我不寒而栗的父亲的淫威
现在我竟然很怀念
父亲曾试图道歉，可是已被时间开除

2022 年 5 月 18 日

大山的力量

对山,我关切的,不是它的重量
而是它的力量——
是狂风暴雨的合格敌人
与岁月掰手,岁月竟然没赢

但我对大山的感谢,是它们给我
带来的苦难
我进无门,出无门
每一步,都要翻山越岭

没了父亲以后,觉得大山是父爱
它们挡住了所有的寒冷
没了母亲以后,觉得大山是母爱
它们宽阔的胸怀就是为子女生的

我喜欢白天里的大山
一个山头一个山头,连绵不绝
我喜欢黑暗里的大山
它们沉默,底里却是澎湃的激情

2022年3月27日

潮　汛

我们的生活，来自风和大海的馈赠
特别那潮汛
就像少女的潮信
有这，才能谈孕育未来

大自然伟大深刻的奥妙非人类能测
大海有许多让人不可理解
那么多的江和河向它倾诉
但它冷静得不见它热情洋溢
也不见它变淡一点点

那么伟大的海，我们却鼓励人
勇立潮头——出于征服的目的
以它的臣服
确立人类的威权

怎么就没认识到自己的渺小？
戏弄潮汛的人，大都死在潮中

2022 年 6 月 18 日

精神鸦片

一遇难题难解,或陷痛苦深渊
就会不自觉地在佛前下跪
也许会遭白眼,会被嘲讽
一只浑身觳觫的绵羊
哪里顾得上尊严

是否佛像越大,佛法越无边
我在大地上,到处寻找最大佛
提早去拍马屁,献殷勤
现在虽然没有什么
谁能断定将来没个三长两短

新昌大佛寺躲在越中胜境中
突觉吾佛像占山为王的绿林好汉
急匆匆地赶去瞻仰,却闭门谢客
吾佛已成疫情的囚徒
这,让我如何相信他的法力

也许就是精神鸦片

只能让痛苦得以暂时缓解

2022 年 5 月 12 日

欲 望

疯狂的风,抱着小岛撕咬
瓢泼的雨,让小岛寒噤连连
哎,我的一个渺小的垂钓欲望
竟让这个小岛置身危险之中

我环顾栖身之所,竟然想起了
法国的一位伟大画家高更
他归宿在太平洋的马克萨斯群岛上——
地上到处是六便士,他却仰望月亮

不是所有的欲望都是罪恶
也许欲望是他内心的一道闪电
也许是孤独给他制造了灵感
高更画出了更加高更的旷世之作

我的欲望是高尚的、纯洁的
我塑造垂钓者的光辉形象——
身披雨衣,手持钓竿,挺立礁石
气得波浪汹涌,吐着一口一口白沫

2022 年 6 月 14 日

坟墓边上的花朵

一朵花,正在不遗余力地炫耀
边上,坟墓埋首野草中
默默,等待着清明的脚步
一阵春风掠过
偷听生和死并不愉快的对话

生死相邻,生死互存
构成了一处令人悲伤的风景
生有没有从死亡中汲取力量呢
这朵花生长在死亡的边上
而不是生长在死亡之上

死亡是否也从鲜花的盛开里
得到宽慰呢
生命的欢乐,产量有限
没有痛苦,就制造痛苦
没有悲剧,就制造悲剧

所有的花朵,都将凋零

花瓣散落一地,就像发光的鱼鳞

2022年3月25日

我怕自己丢了

对大而无当的东西,我天生抗拒
面对呆板的森林,灵魂怎么能开窍
面对虚而空的大海,我就惶恐不安
也许被大而无当的东西,骗怕了

有人老在我面前,描绘宏伟蓝图
我真的去按图索骥
有人对我形容彩虹,是通往天国的桥
我差点真的去攀登
天真幼稚如我者,这天下有几人

现在我只钟情酒杯,杯里乾坤大
现在我只摆弄花草,"城春草木深"
现在我只寻章摘句,"腹有诗书气自华"
在大而无当面前,我怕自己丢了

2022 年 5 月 13 日

生命之树

生命之树总要发生凋零的事
每片落叶闪烁着神圣的光辉
它们堆积在地上,重归尘和土
它们飘在风中,被风带向远方
它们落在河里,跟河流漂泊

"我们是谁""我们来自哪里"
依在母亲怀里的孩子都有此之问
这有关人的本体,有关生命的起源
哪个母亲能回答得了
我们对生命来自于鱼缺乏想象

我们在成长的过程中,不断经历
亲人们的离去。"他们去了远方"
大人们总是这样欺骗小孩
那断了线的泪珠,那些悽惨的哭声
掩饰不住对死亡的恐惧

"死亡是生命最后的归宿"
刽子手是否会累得举不起屠刀

2022 年 12 月 29 日

丑 陋

每每想起自己的丑陋，心热脸烫
丑陋那么多，譬如头发枯黄稀疏
再辩解，跟聪明也无关
譬如颧骨高耸，脸颊陡峭
譬如嘴角拉到耳后，宽大无边
这些都披露在光天化日之下
无法隐藏，无法修改
幸好，其丑其陋还不足以代表国人
我制作了一套辩护词
因为落日，因为曾经的辉煌
虽为废墟，不夺其美
因为端庄，因为匀称的黄金比例
虽断了一臂，仍难掩维纳斯的美
因为钟敲得深沉，因为心地善良
《巴黎圣母院》的卡西莫多并不很丑
毁灭自己的，第三不是外表丑陋
第一是信念的塌方太大
第二是灵魂被自己贱卖

2022 年 12 月 19 日

夜里看山

窗口似我睁大了的眼,看着远山
走进黄昏。就像一个远行的人消失
在黑暗中。孤独的背影
越描越黑,越描越小,越描越远
星星的火把,照看它的前程

我开始感叹大山的渺小。貌似连绵不绝
身上装着一大堆形容词
也不过是黑暗掌心中的一物
我开始赞叹黑暗的重量和力量
万物被吞噬还无话可说,一片沉默

我希望大山的命运不是黎明和黑夜的
玩物,出现或消失身不由己
希望它价值连城而成为争抢的对象
黎明扮演拯救者角色
晚上在哪里消失,白天就在哪里出现

大山的出走,只为深造、修身养性

2022 年 12 月 15 日

永远的欲望

都十二点了,甚至熟睡之后
这个世界还是那样喧嚣、躁动
大马路上大卡车的声音此消彼长
是贪婪,驱动着整个世界的运转

新时代代替了旧时代
一种意义抹去了另一种意义
饕餮的城市不断吞噬新的郊区
我像怪物站在新旧之间发着悲叹

不是所有的欲望都带有原罪
所有的植物都往上生长
所有的水,都争先恐后流向大海
所有的山不辞寸土,高还要高

欲望没有错,错在造物主创造了
生命,又分三六九等
把所有的生命都放在生物链上
刀口嗜血,如何立地成佛

2022 年 12 月 12 日

雪后初霁

全世界都吃了糖似的笑逐颜开
好像遭遇了重大节日
小孩子无邪的笑声嘎嘣脆
年轻人手捧残雪嗅着,好像
猛虎细嗅蔷薇

大地喜欢雪花落入它的胸怀
它要展现自己的母性
它喜欢洁白的雪,雪的洁白
但白色太多了,就会令人恐怖
就会造成天灾人祸

——不妨上山去看看
那些断胳膊断腿甚至断头的树
它们越正直死得越难看
只有那竹,具有十分的柔韧度
但一旦弯了腰,休想再挺直

2022 年 12 月 2 日

冬雷震震

冬雷轰隆隆从正午的天空走过
就像重型马车轧过梦境
雨,像倾倒桶中水,倾情而下
下成了一场灾难
上天的脸色很难看,乌云翻滚

冬雷震震与山无陵、江水为竭、夏雨雪
天地合——不可能发生的五大灾难
构成了爱情的誓言
可是,不知谁敲响了天空这面大鼓
难道谁家爱情的脊梁骨断了

听着雨丝串起的阵阵雷声,觉得事情
并不简单。这是有人要告御状
每声鼓里充满了怨恨和悲愤——
谁没收了太阳的光芒
谁偷走了明天的希望

但又觉得，这是上天神圣的审判

法槌落下，狂风骤起，如正义之令

2022 年 11 月 29 日

残荷的艺术

残荷，塑造枯萎、衰败的艺术
被月色镀层的湖面
清风蘸着湖水，翻看历史
我看到了它光辉灿烂的一页

——翠鸟珠圆玉润的叫声
蜻蜓亭亭玉立，起舞弄倩影
鱼戏莲东、莲西，掀翻了
一玉盘晶莹剔透的水晶

所有的美好，都成了秋天的收藏

"死亡之地没有艺术，艺术是
发扬生命的"——
至少应该充满劝人向善的佛性
这样说，让它是否承担了太多

生命的烛火渐渐熄灭的残荷
失血的枯叶，一片紧挨着一片

潋滟的波光,一浪高过一浪
像是一阵阵由死向生坚强的呐喊

2022 年 11 月 24 日

落叶的信号

寒冷,随嫩叶盈盈绽出而离开
紧随争先恐后地凋落而降临
这是不争的事实

越冷越凋零,凋零越宏大越冷
最后只剩瘦骨嶙峋的艳影时
至寒时刻也就到了——
它们携手共进,似深情款款的姊妹

在铺满落叶的路上踯躅
"咯吱""咯吱"的声音从脚下生出
是树的呻吟,还是我内心的战栗

尤其在墨夜里彳亍
路灯打在颤巍的树上。似鬼影幢幢
丢失的魂魄,飞着、跑着、追着
一种莫名的恐惧,被生生制造出来

悲伤遍地都是,为什么不打扫

环卫工人的存心很危险

在南方更南这样的事情不会发生

2022 年 11 月 23 日

高　度

在高楼上,看楼下的花园
那些挺拔的树,像小矮人儿
那些花,成了小火苗
那草地,不见草,只剩一片绿漆
我知道,这不是我的高度
是楼的高度

我登上山顶,俯瞰大地
看到了平原的广大、天边的遥远
那些田字格里,一年四季
色彩各异,像小学生的涂鸦
我知道,这不是我的高度
是山的高度

透过飞机的舷窗,鸟瞰地球
那些城市,都成了袖珍版
那些大地上行走的人,蚂蚁一般
那些蜿蜒的河流,只是小学生
用铅笔在白纸上画出的线

我知道,这不是我的高度

是天的高度

2022 年 11 月 20 日

树的一生

见它在枯枝上长出似雀嘴的鹅黄叶
从天地中窃取新生的力量
见它华盖亭亭,步步走向繁荣的顶点
认为生命的辉煌就该如此
见它输给了岁月,面容憔悴,容颜破败
仍要成为风景,奉献最后的热量
见它青春被偷尽,最后一滴被榨干
那灵魂在天空中盘旋着,飞舞着
制造了一出叫人哀恸的无力的留恋

——谁都知道这是一个必然的过程
必然壮烈的结局,却无力、无法改变
这就是今人和古人都要悲秋的原因吧

2022 年 11 月 1 日

豪饮受降镇上

同学在受降镇的家里摆下盛宴
有点远，终没抵住滚烫的盛情
这是一个富春江流域的小镇
富春江像一张巨大的荷叶
它不过是滚落其上的晶莹水珠——
无数滴中的一滴，很肥的一滴
听说这个名字很久了
每每念及，便心生豪气
叫狂妄的敌人跪下来
跪在以鲜红的伤口为奖章的人面前
跪在无数无辜的亡魂面前
跪在一直以来都是受辱的人面前
跪在一群引颈受戮的人面前
边上的一座千人坑，阴风怒吼
没能目睹敌人浑身发抖的样子
没能躬临那投降的盛况
几十年后，我们来补上这一段
豪迈饮下那场胜利的余绪

2022 年 6 月 28 日

笼中鸟

一只鸟,在笼子里被养着,似囚徒
但它很满足目前的处境
不担心有饥饿之虞,有焦渴之忧
不提"非练实不食,非醴泉不饮"的要求
它精力充沛,左右上下蹦跶着
活得充实,活得达观
天未黑,就睡;晨光熹微,就欢叫
它被放置在我家里的最高位置
怕它得孤独病,我会跟它逗乐
它不怕我,觉得在铁栅栏里很安全
居高临下,歪着脑袋,侧着脸
一副睥睨天下的样子
怕它郁闷,得忧郁症,就打开笼门
希望它出来走几步
透透新鲜空气,看看广阔世界
看它战战兢兢的样子,令人心疼
而它飞的功能,也基本忘记

2022 年 9 月 5 日

犯罪行为

阳光像下雨一样落下来
把山川河流、一草一木抱在怀里
这样的日子,态度鲜明,是好日子
我对自己很不公
对室内有生命、无生命的物件很不公
我把门关得死死的,生怕什么逃逸出去
我把窗帘拉得严严实实
生怕一点光漏进来
我是黑暗的制造者、夜的制造者
我怀疑自己是一个惧怕光明的人——
拒绝光明,就是拒绝幸福
对这种人为地制造不幸,不应宽容
他们总有各个高尚的遁词
把犯罪行为,都修饰得干净利落
只要用手轻轻地拉开帘栊
那些黑暗中的黯然神伤,像陈旧的
锈迹,一一剥落

2022 年 9 月 7 日

中秋:怀念

年少时,不懂岁月流逝。都盼着
过中秋。每逢这个节日
我的双亲,会放弃他们的吝啬
把初长成的鸡或鸭杀了
以慰问我们空空如也的肚皮

谁说记忆能删除
每次月圆,都以为是中秋
都会想起那破旧的老屋
推出的带着香味的袅袅炊烟
父母那时,多年轻、健康

多想重复过去的故事——
月华如水,洒在我们身上
争着向嫦娥姐姐许愿
靠在母亲的怀里,宽广又温柔

我的双亲,只能享用供品的馨香
我开始怨恨,是中秋月制造了黑暗

2022 年 9 月 9 日

老天爷

老天爷一目十行,在读大地

这本巨著

读到人类的苦难,便眼泪滂沱

酿造了暴雨、山洪,毁房夺命

读到高兴处,开怀大笑

导致了旱魃作孽,颗粒无收

老天爷知识渊博,很有学问

可是他没学会中庸之道

忽左忽右,喜欢极端

有人跪在他的前面祈祷

有人却要咒他死

老天爷控制不了自己,恨自己无能

一生气就闪电,就雷声隆隆

2022 年 7 月 19 日

像一道闪电

人的一生，像一道闪电
好像来过
又好像没来过

那么多道闪电
谁知道你是哪一道

闪过光，已非常了不起
如果有过反抗
撕裂过老天的脸
就是伟大的人物了

大都是沉默者、怯懦者
像草木，年复一年地烂掉

2022 年 6 月 8 日

门　槛

我不能有山一样的承诺
我没山那样的重量
我没山那样的坚定不移
我没山那样的永远

能不相信山吗
它是奔腾的骏马
它是沸腾的浪
它是仰之弥高的先生之风

年轻时候,认为山是枷锁
挡住了我看世界的视线
挡住了我迈向山外的脚步
像监狱,囚禁了我的理想

我认识到我的浅薄了
我认识到我的轻浮了
所有的山,都是为你
迈向成功故意设计的门槛

2022年3月2日

天 问

问的太多了，上帝都不原谅
你如何全身而退
只有一条路——死
以死明志，保全自己的名声
忠诚，永远是可贵的品质
最主要的是忠于自己的内心
因为忠诚，赢得了
上至帝王，下至百姓的尊重
所以，每年五月初五
就把你搬出来
打击那些丧失气节的人
打击那些丧尽天良的人
好像你是捉鬼的钟馗
你的忧，千年后依然存在
你的《离骚》，永远不会过时
你之后，诗人都被尊称为骚人

2022年6月3日

道 闸

像时间。一启即是黎明,一落
便进入夜晚

像历史。闸前是文明时代
闸后是落后、愚昧

像墓门。门里是死亡
门外是灵和肉并存的生命

具有强烈的实用意义
被广泛地应用到现实生活

在停车场,一起一落
意味完成一个简单的商业活动

在小区,意味着权力
小保安可以给你小小的刁难

怀念没有道闸的时代

拍着首长的肩膀，兄弟去喝一杯

2022 年 6 月 5 日

庄 稼

今晚华灯初上,我已沉睡
我听不得一点点不幸的消息
我无泪可流,就像
刽子手累得不想举起屠刀

可是,可是,事与愿违
这里山塌了
那边河流断流
天灾、人祸,一桩桩接连发生

愿意成为黑夜里的一支蜡烛
能照亮多少面积就算多少
但我有资格吗
所有的光都要有出生资格证书

"镰刀,撒旦的发明和象征,仍然
年复一年在收割意大利的庄稼"
我们一直奉行沉默为美德
不敢想象自己也在别人的图谋中

2022 年 7 月 1 日

山　洪

山洪暴发时，我正在山谷
万里如虎的浩荡，张扬，跋扈
但不是我招来的，也不是我制造的
我不想被冤枉，尽管多一个冤枉者
对历史，对现实，都不是一种负担

我必须为自己辩护
我不缺乏同情和悲鸣
对毁灭了的田园，倒伏的草木
对坍塌的房屋，被冲垮了的堤坝
对被无情带走的众多卑微的生命

山洪是如何暴发的
我们经常将其归之于老天施予的惩罚
老天动了杀心，谁能承受
山洪不过是闪电留下的一道鞭痕

寻找背黑锅的人。这是惯常的动作
如此这般，我不辩而胜

2022年7月5日

第四辑 憧憬

重要礼物

冬天，灿烂辉煌的贫穷光临大地
温热的泉水，炽热澎湃的洪流
在我心中渐渐上升
我的同情心，被点燃了

我想吻向枯萎的花朵，希望它们
张开谦恭的嘴巴，像承接玉露一样
承接这个重要的礼物

我用嘴唇热烈的气息，拯救它们的灵魂

它们一直谈论我
一切词语都蕴含我的意义
寂静了，我存在它们的思想中
它们对视
都是我赋予它们的闪电

总有一天，它们会恢复青春
希望它们用死而复生的喉管，歌唱

2022 年 1 月 16 日

憧憬

新年的钟声，将在每个寺庙敲响
我们又可以开始憧憬了
憧憬，是每个人的权利
即使被剥夺了所有财产，身隔囹圄
谁也不可能阻挡你思接千载

基于以往的深刻教训——
多少美好的擘画，都沦为烟云
现实经常是梦的反面
我把我的憧憬，压了又压，缩短了
与心的距离，与苦难的距离

多么希望所有的憧憬，都基于
对未来坚如磐石的信心
而不是因为现实的千疮百孔
我们的错误是把憧憬当作救世良药
期望越多，失望也越多

2022 年 12 月 31 日

欠江南的一场雪

欠江南的一场雪,始终要还的
没说什么时候还
突然就还了

半夜三更,悄悄来还
赶在年关前,给人一个惊喜
铺天盖地,连本带利

千山收到,鸟就飞回家了
旷野收到,打了鸿爪的收条
乡村收到,挥着炊烟谢谢的手
城市收到,签下大厦屋顶的印章

这,具有极大的示范意义
在今天
遵守诺言,需要决心和勇气

2022年1月29日

下雪了

谁在天上种了那么多的花

连天空都盛不下,纷纷落在人间

压坏了山梁,压低了田野

老屋脊兽感到大事不好,跑了

可是,蛰虫需要

它们需要一床温暖的被

可是,麦苗需要

它们需求上天的垂怜

可是,小姑娘们需要

她们需要一枝花,插在发梢

我怎么觉得,这是上天献给我的鲜花

也许会问,你是英雄吗

不是的,我不过是热爱生活的人

2022年2月18日

简单的幸福

从医院的大门,快乐地走出来
在邻近的早餐店,吃了碗豆腐脑
好比在贵宾厅享用大餐

在车流如水的街头,短暂地茫然后
找到了方向。辨别能力仍存
不用担心把自己弄丢了

看电视剧,看到动人处
心都要抽搐一下
情感的深井,历经沧桑,没有干涸

消失在岁月中的一个人,好像
一个小石子,被扔进深潭
意外地收到"别来无恙"的问候

失事的飞机里,传出痛苦的呻吟
远方的战火,突然烟消云散
正哭得起劲的小孩,得到了棒棒糖

2022 年 3 月 29 日

好酒，同山烧

醉在哪里最好？当然是同山
被同山烧爱了，如何不销魂
原来只爱劲草兄。劲草写诗
像春蚕吐丝一样
原来只爱长颈鸟喙的越王勾践
让他醉里挑灯，不停地磨复仇的剑
原来只爱文种文大夫
让他醉后灵感骤至，献上灭吴七策
原来只爱风流倜傥的范蠡
让他醉后，豁然开朗，逃出生天

同山烧，是种高度热情的酒
只用本地出生的糯红高粱酿造
高兴时候，幸福时刻，就喝它
不能借它浇愁，那是对它的糟蹋
有什么愁呢？
清风明月，这时代那么好
几千年的镣铐，早砸开了
遇到的人，心地都像种上了花

再来一碗。同山的大地在晃
两边的青山站立不稳,先我而醉

2022 年 4 月 29 日

杯里乾坤

杯子空了,怎么办
大杯套小杯,倒置在桌上
杯子碎了,怎么办
就靠在柱子上,看灵魂出逃
然后大喊一声:死了

就这样散了,不够的
必须把灵魂逮回来
再满上酒
我们应该谈一下情怀
谈一下如何去壮烈

最完整的酒杯,没有酒
不能称为真正的杯子
当然,杯子,不仅仅装酒
还装眼泪,装热血
杯里,乾坤有多大就有多大

2022 年 2 月 20 日

钓客形象

被自己遗忘，被时间遗忘
在水边浓缩成一团，别人遥看
像落寞、孤独的符号
人生苦乐，世事纷争，宇宙哲学
他在想，又好像不想
尽情地享受着阳光在背部的徜徉
惠风送来令人失魂的耳语
水面洁净、辽阔，可以为镜
他偶尔会整整衣冠，理理云鬓
他只跟鱼对话
希望鱼不要上钩，又调最好的饵料
上钩了，骂它们愚蠢
鱼躲开远远的，一天不理他
便气急败坏，绞尽脑汁
他不断地抛竿，不断地收竿
希望和失望，不厌其烦地上演

2022 年 9 月 4 日

钓客情话

水中的魅影,散发着诱惑
我抑制不住自己的欲望
但我只想做一个真正的钓客
只在乎钓,不在乎钓上什么

姜太公在渭水钓周文王
庄子在濮水钓楚国使者
张子和在西塞山前钓和风细雨
柳宗元独钓寒江雪

我只愿做一条河流的守候者
挥霍大量黄金的时光
沉默成草丛中的一块石头
跟蚂蚁,跟草木无异

抛竿,收竿;收竿,抛竿
期待,失望,耐心一点点耗尽
鱼都学会斗智斗勇、偷奸耍滑了
狡诈,是弱者生存的武器

2022 年 6 月 2 日

高铁上

车厢内,人不多。出差的,回家的
踏上这趟旅途,都很愉快
坐着或躺着,都不说话
有人翻着书,有人看手机
有人如释重负,一下子进入梦乡
鼾声如雷,那份心安,令人称羡
窗外那么多美景,没人在乎
你看那平原像一块布,被掀了起来
炊烟都长得参差不齐
小河泛着白光,做着蛇行
孤零零的山,像在认真哺乳
而群山连绵,则像野马齐头并进
它们都被列车当作包袱甩掉了
如果是我的财产,也仅过了一下目
列车大都在阳光下奔走着
偶尔会像钻头一样,穿过山洞
突然陷入黑暗的惊悚,无以言表

2022 年 11 月 3 日

步出动车车厢

步出动车车厢，走上站台
工农商学兵各色人等
或三五成群，或成双结对
更多的，孤独而行
好像是从黑夜出发来到黎明似的
有的人，身裹疲惫
有的人，心事沉重
也有一些人，步履轻盈

刚出发时，我们拥堵在车站门口
通过栅栏的通道进入站内
像一群羊，被赶入羊圈
到站了，安全到达目的地了
高兴得又像一群被解放的奴隶

2022 年 6 月 3 日

子夜的凿岩机

子夜了,凿岩机提着笨重的躯体
一锤一锤,吃力地凿着路面
要把这旧路凿穿,不凿穿决不罢休

子夜了,凿岩机还在不知疲倦地凿
企图把这黑暗捣穿
好让黎明从这孔洞中喷薄而出

子夜了,凿岩机每一锤下去
边上的高楼都要晃三晃
想摇醒它们,别做美梦了

子夜了,凿岩机的每一锤都击在我心上
把我的梦想、幻想、妄想都粉碎了
这世界,总要一个醒着的人

2022 年 6 月 6 日

舅 舅

第二天，舅舅就要化为一缕轻烟
在灵前，我守着他的最后一晚
招魂香，一支一支给续着
外面，暴雨如哭，还闪电、打雷
一个老农的死，引起上天关注，值

舅舅的一生，只能用勤劳两字来概括
伤疤、老茧，是奖励的徽章
他中风偏瘫，步履蹒跚
不忍山前的田地杂草丛生
跌倒在屋前不远的溪水里……

我怎么向小溪追责。它宽不过五米
深不过二十厘米
它"叮咚""叮咚"日夜流淌，多么悦耳
舅舅，你命该当绝啊
如果这是对勤劳的奖赏，谁还勤劳？

希腊神话：人像庄稼，从地里长出来

舅舅被埋进了土里,能再长出来否

2022 年 6 月 7 日

山乡的小溪

一到雨季,山乡的小溪,就像
醒来的猛龙,冲动起来
在我的窗外挂着
还要冲垮我梦的堤岸

这是愤慨吗,怒吼吗
是多日累积怨恨的发泄
为大山所豢养、所溺爱的小溪
它要寻找自己的生命轨迹

这让我想起了卑微弱小的生命
他们一百度的泪水
有万丈莫当之勇
有冲垮巨石甚或大坝之雄

这让我想起了大山的脆弱
敢把大山的骨头拆了
谁不让过,就弄个堰塞湖
这时它就是一把达摩利克斯之剑

2022 年 6 月 25 日

沙

是躺在空间里时间的产物
我用心捧着,像捧着心爱之物
我把它们攥得紧紧的,生怕逃了
攥得越紧,漏得越快
我登上沙丘,把它们踩在脚下
它们淘气地钻进了我裤脚

黄色浊浪,连绵不绝地翻滚着
一眼望不到边的沙海
这阵仗有点大
江南的人站在这里,手足无措起来
生怕被它们吞了,被它们埋了
有足够的恨,把我们粉碎

众多胡杨的残骸,不屈的象征
动物的尸骨,挣扎的标本
千年风的乐器,奏响孤烟和落日
稀稀拉拉,像长在秃头上

为那几棵草的幸存感到可怜

一群蝼蚁,活得很好,真正的英雄

2022 年 10 月 2 日

深 夜

它吻上了我的唇,我傻了很久
但我知道那唇的弧线
那唇的温馨,那唇的真诚
它要害我这一辈子

我醉了,我知道它的深沉
那猩红的唇
那火烧一样的唇
那是一个所有都愿意跳的陷阱

它恋上我,我短短的一辈子
它占领一半
它是暴君
我是无法摆脱的奴隶

可是我还是那样热爱它
它不仅仅是我,是所有人痛苦的
最后避难所
好多日子,我难以入眠

2022 年 6 月 26 日

抽 屉

少时,家贫,家里很少家具
我向母亲申请专属于我的抽屉

每个人的一生,总拥有几个抽屉
旧了,就换新的
破了,就给修理好
没锁的,赶紧给装上锁——
生怕什么逃走了似的

这些抽屉形形色色
有木制的,有塑料的,有铁制的

装过少年的那点心事
装过青春,装过旧时女友
装过欢笑和泪水
装过不可告人的秘密——
为安全起见,应该装进保险柜

现在装发黄的照片,装悲伤、回忆
装病历,装止痛的药

2022 年 6 月 29 日

小 庙

潮水一涨到脚边就退走了
精心计算过的，它建在
海龙王盛怒时刚够不着的地方

"世上的一切宫殿归恺撒所有
但教堂是上帝的住所"
岛小，庙小，神不居住
妖魔鬼怪就抢先居住

所有的宗教源自恐惧
生命何其渺小，死亡如此强大
没任何稻草可抱的时候
只能去抱那无影的佛脚

小岛有庙，就心安了
初一、十五，点一支烛，上一炷香
有事没事，唠嗑，唠嗑
来时步履沉重
回时，如放下了千斤重担

2022 年 6 月 17 日

蝉　唱

我在路上走着,它们在树上唱着
为了跟上它们的节奏
我越走越快,最后小跑了起来

它们在树上声嘶力竭地狂鸣
把风都叫停了
把气温都叫高了
太阳像烤排骨烤着马路,蒸气腾腾

发现捕捉蝉的人来了
那粘的手法,跟《庄子》一模一样
毕竟是会唱歌的虫
卖几个小钱,以备不时之需

不能因为太聒噪而消灭它们
谁能忍受这世界死一般的寂静

2022 年 7 月 6 日

农 民

神情那么专注,紧盯着你说话
好像你身上埋着一个矿藏
跟这片土地一样厚实
把一切成功都归于上天的眷顾
似清泉的眼,洋溢着自信——
种桃,挂满了山坡
种梨,成了抢手的香饽饽
开办工厂,产品满世界飞
一下子从农业文明跃进工业文明
他们心里,隐藏着一种渴望——
上九天揽月,下五洋捉鳖
把海陆空全管了

这群从绝望中走出来的人
复仇心之强、之烈,亘古没有

从田间地头走过,一首首诗茁壮茂盛
他们才是真正的诗人

2022 年 7 月 14 日

锄 地

晌午，老农还在庄稼地里忙着
锄着地，芟除一棵棵杂草
像侍候孙子，侍候着庄稼
豆大的汗珠，"啪"的一声砸在地上
都能砸出一个坑来

那沧桑的脸，黑得流油
只有被太阳特别照顾的人才会有
那腰弯的，对这片土地特别热爱的
人，才会这样虔诚
他气喘吁吁，来不及笑

应该是在家接受尊敬和孝心的年龄
一股酸楚涌上心头
我想起了已回归土地的父亲
他曾警告：农时不能误。
烈日，是一颗最好的补钙药丸

2022 年 7 月 14 日

掘墓人

入伏后的中午时分
树像被阉了一样,沮丧着脸
只有知了拼着老命在叫唤
——是悲伤,还是幸灾乐祸

希望是悲伤。在高温下仍然
劳作的人们
他们就像屎壳郎,搬运着苦难
但谁搬走加于他们的苦难呢

幸灾乐祸的鬼脸见多了
他们躲在空调房里,跷着二郎腿
那高高在上的神情
好像是人类的解放者

幸福的制造者,也是掘墓人

2022 年 7 月 17 日

约 定

我跟岁月有约定,必须每时每刻
陪我,送我到很远很远的人生终点
我很遗憾,岁月老辜负人
总提早收回赋予我父母的时间
让我子欲养而不能
总提早收回赋予我许多朋友的时间
剥夺我们一起欢笑、一起悲伤
请岁月把枪口提高一厘米
我还有好多美好的愿望要去完成

我跟天下景点有约定,不仅仅祖国的
还有欧洲、非洲、美洲、拉丁美洲
还有南极、北冰洋
我要拜访爱琴海的文明,去听地中海上
塞壬的歌声
我要去好望角,看那千帆过尽
我亲自欣赏尼瓜拉加瀑布冬天的凝固
我要去当一回加勒比海盗
我要亲历一番玛雅文明及其毁灭

请原谅,我老违约

我没来,你必须永远在,永远在等

2022 年 8 月 1 日

布袋和尚

朋友已在奉化,我还在去的路上
奉化有个溪口。溪口有个雪窦寺
雪窦寺里有个开怀一笑的布袋和尚
他有个大肚,能容天下难容之事

这需要一种不可理解的修养——
劫波渡尽以后的宽容
极度绚烂过后的简单
这需要一种难以企及的高度认知
对幸福、欢乐、痛苦、不幸的认知
把生和死都要置之度外

仰视布袋和尚,双手合十
他祥和地笑着,魔性地笑着
他的笑从眼缝里倾泻而出,像晨曦
不要在他面前提苦难、恩仇
如果你想成为普天下最可笑的人

以上故事,纯属虚构。总有一天
去亲自阅读他宽阔如宇宙的笑

2022 年 5 月 28 日

酱缸文化

去酱园，看到许多酱缸，仰天躺着
嘴巴大张着，好像在问——
为什么让我露天躺着，日晒雨淋
为什么让我承担这样重的任务

——放进去什么就给染成什么
红的、黑的、白的、黄的，甚至绿的
都可以
只要你下决心，成为什么

边上朋友说，他想研究酱缸
想知道萝卜、大蒜是怎么酱的
我想给他提供同样的素材。譬如
蟹、虾、鱼，怎么让人家垂涎三尺

他的酱缸文化，不是柏杨的酱缸文化
酱缸代人受过——
我的肉体任人摆布
我的灵魂，即使沉没，也要挣扎几下

2022 年 10 月 26 日

长歪了的

这片土地
长庄稼,也长毒草
长好汉,也长孬种
长思想,有正确和非正确

我是那棵长歪了的
但有一颗正直的心

2022 年 8 月 2 日

名字的背后

我住西湖的北面。去西湖边
必须要经过曙光路
曙光路经常修，经常改造
被我走旧了，走破损了

叫曙光名字的，何止千百条
好像我们都是太阳神崇拜者
有一点是肯定的
我们向往光明，惧怕黑暗

我怀疑自己是神秘论者——
每个名字背后隐藏着生命密码
父母随便一取，你一辈子的
性格、造化，便被一锤定音

我又常常不确信——
我叫勇。勇者，人先也
在强大的机器面前，我懦弱、胆怯
与父母的期望完全相反

2022 年 8 月 5 日

天穹的喉管

接近十五了,月亮又要圆了
对月亮的褒义词很多,什么望舒
嫦娥等等,都往她身上堆砌
这都可以,都是应该得的
但我看月亮
它就像天穹的喉管,吞下的是黑暗
吐出来的是光明
最好吞下的是所有罪恶
吐出的,尽是善,遍布人间
也许这是奢望
但我们所有人都不是靠希望活着的吗

我更喜欢月缺的日子
有更多的期待,鼓励我不荒废日子

2022 年 7 月 10 日

岁月之门

没见过跟岁月抗争能取胜的。掰手腕
跟谁,也不能跟岁月——
秋风一叱骂,草就枯黄,叶就凋落
山河大惊失色
深冬眉头一蹙,北方江河就停止不走
会飞的就率群衣冠南渡
会爬的,就躲进十八层地狱
所有生命都通过岁月之门
成为舍生取义的英雄,成为知古通今的
饱学之士
或成为怯懦卑劣的狗熊——
叫他停着,就不管往前三步
等别人来取其首级,或被变卖为奴
跟岁月要硬磨软泡,把每一天撕成片羽
化它的冰冷为温暖,化它的坚硬为柔软
活出两辈子,就算我们赢

2022 年 9 月 4 日

寒露之夜

起风了，下雨了。寒露光临之夜
发生什么都有可能
我刻意穿上外套——以示尊重
才敢在天地间行走

路灯，神思恍惚。散在地上的
光影，被草木锯成了若干块
幸好，寒鸦睡得早。它"呀""呀"
阴森森的叫声，似从坟墓中发出

寒露之后是霜降。冷一阵紧似一阵
对这种节气的递嬗，谁都明白
但谁也不坦然，噤若寒蝉
不敢发声。能躲则躲，能藏则藏

夜色越来越浓，不因为万家灯火
而有所退却。在风下，在墙角
蛐蛐声响起，遥相呼应。我明白了
卑微的生命，始终是生活的主角

2022 年 10 月 8 日

金秋的福利

置身十月,即闻到厚厚的桂花香
这是秋天颁发的福利
这是秋天的一种怀柔政策
这是秋天为掩盖衰老制造的一种假象

别怪桂花甘愿沦为工具
作为并不高大的植物,需要被赞美
更有一种为生存、繁衍的急迫
且弥漫宇内幽幽的暗香并无害处
具有更多的利他性

我自然愿意成为它的俘虏——
无疑这是一种熟悉的太阳的味道
即使冷峻如铁,也禁不住心旌摇荡
再加进无边月华、四周阒然
那份独享的美——
鼻翼极限扩张,嗅觉功能无限放大

我买了一座小院,移植了一棵桂花……

2022 年 10 月 20 日

初冬：凉

刚入冬，南方这种古老的凉（不是冷）
有点丝绸般的质感
它停留在脸颊、颈脖、手臂裸露处
像母亲的手，抚慰啼哭的婴儿
心有数只秋老虎，也就俯首帖耳了

这是一种明目张胆的诱惑
用层林尽染的宏大场面
用凋零的岁月铺满硬邦邦的草地
用小溪、河流之弦弹出优美的绝唱
引诱你走进仲冬、深冬、残冬、枯冬

就像一只青蛙，跳进一镬冷水里
尽情地啜饮那残羹冷炙
哪管灶底在添柴，加温，制造生死断崖
岁月丰厚的馈赠，谁能拒绝
只是从不免费，需付出生命的代价

2022 年 11 月 15 日

大山的包袱

眼看大山卸下沉重的包袱。快活得
像野鹿奔跑起来
像一顶草帽,按捺不住飞起来

它们是巨人,千年移动不了一步
用躯体供养各种生灵——
养猛兽,也养昆虫
养动物,也养植物
养少年,也养老年

宁静,只是山的一副面具
动物界为护食,发出愤怒的咆哮
遭猎杀,小动物发出可怜的哀鸣
植物界为争夺阳光,竞争着生长
撑开强大的手臂,掠夺别人的天空
把种子播在其他树的身体上
让其他树代孕代育,敲骨吸髓

地力、肥力,满足不了那么多欲望
趴着,悸动着,发出山洪的叹息

2022 年 11 月 16 日

山　中

只有近处几座小山,像爬虫在蠕动
远处的,把自己藏进天空
被山岚、水雾组成的屏幕代替
虚虚幻幻,给我留下了丰富的想象

我贸然走进山中。不是来听鸟鸣的
鸟嘴里,能吐出几块硬骨头
山的伟岸,山的屹立不倒
那是孩子眼中,父亲的精神

我无意重塑父亲形象。我寻找隐者
寻找他们把自己的岁月掩埋了的原因
大自然的和谐、和平
真如教科书里所描摹的那样?

我是渺小者。依附在大山的褶皱里
跌跌撞撞,不如偷生的蝼蚁
我是陌生者。在前无古人的陌生里
会否被怀疑居心叵测

2022 年 11 月 18 日

节气的结

这不,"小雪"扭着小蛮腰又来了
路上站着争着凋零的树——
有一种叫梧桐的衰老。迅速变枯的
叶子,连做一回青春回眸都不愿
有一种叫银杏的慷慨。金币、银币
毫无吝啬地抛撒

二十四个节气,二十四个结——
给岁月打的结,给生活打的结
这应该是结绳记事的遗产——
帮忙记忆,更是为了提醒

没有一桩幸福,不被深深回味
没有一桩痛苦,不被迅速遗忘

鱼的记忆有八秒,人的记忆有多久?
洪水过后,照样在溪边造房
地震过后,废墟上照样炊烟袅袅
幸存者,没有切肤之痛?

人最善于寻找辩护词:不能一直生活在痛苦之中

2022 年 11 月 21 日

果　树

一棵树，优美地摇曳着，但老结恶果
首先要好言相劝，希望改正错误
其次嫁接，进行改良。
再不行，就地正法，把它砍了
投进炉膛，有一分光，发一分热

这样的结局，没人不惋惜
栽下它的那刻开始，给它光，给它热
给它爱的雨露，给它解乏的风
让吸天地之灵气，集日月之精华
它身上流淌的，都是人的血汗

"病树前头万木春"。古人言之有理
我们要善于总结砍伐的经验
再有病树，绝不手软，更干净，更利落
南方有嘉木。如果身躯伛偻
只要能结慰问我味蕾的好果亦可

2022 年 11 月 23 日

绽放在寒风中的花朵

一朵花,开得如此奔放,令人惊悚
它玉立在一大片枯草中央
阳光照着它,软弱无力
周围则是万木萧萧,鸟声悢惶
我在群芳谱里,寻找它的名字
不是腊梅,不是茶花
它们本就是敢在至寒时刻绽放的花朵
我毫不留情地赞美它们为英勇的精灵
也不是夹竹桃,已退出历史舞台
曾遇到过篱笆中的月季,只剩留恋的
香魂和零落成泥的惨淡
我是在人困马乏时,遇到它的
一下子把我从苦难中拯救了出来
它是灰暗中的一缕光明
是寒风中的璀璨火焰
我把它奉为平凡岁月里的一个亮点了
我张大鼻翼猛嗅,好像要吸取
一种斗志昂扬的精神

我的目光像蝴蝶,在它身上上下翻飞
要对它做全面、透彻地研究

2022 年 11 月 26 日

寒潭雁影

到了冬天,热闹的水塘成了寂寞的寒潭
遍地皆是的小草花早不知去向
成片成片的野草不得不进入枯败季节
银杏树叶落了一地,一副清瘦模样
水杉换了一身装束,仍坚挺,不屈服
樟树虽一身翠绿,但已呈老态
它们在岸边一字排开,似揽镜梳妆
在水中的倒影因水面波动被严重歪曲
土生土长的麻雀始终把这里当成自己的家
它们飞来飞去,为苍白的天空添加了生气
不知何时来了一只大雁
栖在高高的树枝上,神情庄重
这里不过是中转站,它从严寒之地飞来
要迁往南方——流着蜜的上帝应许之地
只要信仰没丢,就会不断给翅膀提供力量
只要目标和希望还没枯萎
就会把塌下来的袜子拉上来,继续走

2022年11月27日

大雪的预言

天空在放低,气温在骤降
树叶飘飞,在加快凋零
鸟的叫声,也变得小心翼翼
这一切都是一场大雪将到的预言

人的喜怒哀乐
很多取决于天公的态度
我们视闪电和打雷为上帝的法槌
一落下,大地都为之震颤
我们视狂风暴雨为上帝的大悲大痛
他一哭,河流湖泊就泛滥成灾
而他的过度开心将导致大旱
荒芜的土地上齐刷刷地生长出
无数盼望云霓的头颅

我们渴望一场认认真真的雪。它
有能力在一夜之间,在辽阔的田野
高耸的山头铺满纯洁
替那些沉重的灵魂除污洗垢

让他们轻盈起来

鉴于此，我不再责备岁月流速太快
盛情邀请"大雪"早点来访

          2022 年 11 月 28 日

雪 占

一场宏大的雪，为人间除旧布新
用它天然的纯白，为 11 月画上句号
为 12 月开头。这是否蕴含众多意味
譬如不幸的日子已结束，美好的时代
就要夸张地来临

生活在 21 世纪，脑袋还留在荒蛮年代
我们跟古人一样相信兆言
深信几根筮草给出的结论
深信龟甲烧灼的裂缝、动物肝脏的
纹路做出的判断
鸟占官甚至从飞鸟身上读出吉凶悔吝

雪像少女敷粉一样，给屋顶、草坪
站立的树铺了薄薄一层
显然，还没适应城市生活，消融很快
它追着我在天地间行走的身影
像占卜者那样，对着我喋喋不休

2022 年 12 月 1 日

雪落无声

这世界陷入空前的孤寂
所有的喧嚣被一场大雪覆盖了
鸟鸣、犬吠被一场大雪吓傻了
万物高耸着耳朵只听下雪
敛声屏气看天女散花

生命存在的全部意义弄出些动静
能量大的,大声点
能量小的,小声点
一场雪铆足了劲,纷纷扬扬
最大的动静是让万物保持沉默

一株红枫,站在公园里,红得艳丽
像挣脱了束缚、盛放的花朵
好像是给这场大雪的一个奖赏
但看它在风中不安分的样子
分明是想代表春天站在雪地上

2022 年 12 月 2 日

文明之光

翻过一座小山,就是灯火通明处
上山的道路架在黑暗中
只有一盏大灯笼,还要普照全世界
森林素来内向,老树也奉行沉默
这时候你会觉得一直追求的宁静,是不是
太多了。让人烦的喧嚣显得可贵了
这时候你不会吹嘘十分珍视这份孤寂
视它为生命中唯一的也是最后的自由
不会再唠叨从一切人类关系中退避出来
这时候你才认识到孤独,不是只剩一人时
而是你被全世界抛弃时
这时候你的心会被恐惧占据,怀疑
所有的声响都是鬼魂所为
其实也就是树木宽衣解带的声音
枯萎的荒草发出焦黄的呻吟
这时候来几声鸟鸣,来一组促织的演奏
那可都是天籁之音啊
如果前方突然出现几星萤火,会被认为是
人类的文明之光而得到大力推崇

2022 年 12 月 11 日

永恒：灵魂复活

去年的雪、今年的雪都去哪里了
它们下在树上，成了树的血液
下在草地上，成了草的灵魂
下在庄稼地里，成了理想的养分

我们一直没放弃关注雪的踪迹
是堕落年代对冰清玉洁的怀念
是肮脏的成年对天真童年的追忆
是对生命不可捉摸的一种感喟

如果对永恒产生了怀疑，相当于
一座坚固城堡发生了坍塌
人创造宙斯、上帝。愿意成为神的
仆从，只是希望得到拯救
人创造仙界、天堂。只是为了给苦难
一个继续活下去的借口

那么多人活着，相当于死了

他们翘首以盼世界末日和最后审判

期待复活。灵魂的复活

2022 年 12 月 12 日

秋天的小偷

在人们还在抱怨酷暑的时候,秋天的
小偷悄然来到身边
它们要偷香——生命的芬芳
它们走近茅家埠的荷池,荷花娇艳欲滴
紧握粉拳,随时抗击来犯之敌
它们要窃玉——生命的绿色
茅家埠过去就是龙井山,长满高大威猛的
各种古树,可是生命的守护神
我站在茅家埠,远望龙井山的狮峰
里西湖平静如镜,收容了我长长的影子
它们的手伸向了我,要偷我的容颜
该不该转过身,大叫一声
那些枯萎了的、凋零了的、谢世了的
提醒过我,悲剧早已酿成
风的手将更加强劲,寒意将更加猛烈
瓜棚只剩空架子,田野上,一个稻草人
孤独、凄凉,守着大片狼藉

2022 年 8 月 31 日

湖畔小憩

在夜里的湖畔行走。腿累得不行
我选了一个灯火暧昧处,坐了下来
那桌,那椅,真好,都是铁制的
够支撑我一路的疲惫
我点了一杯美式咖啡,不加糖
我想让自己清醒点,三尺之外
就是一个没盖子、居心叵测的湖
桌子边,是一棵日本枫
它不仅要翼护我,还扶了我一把
我抬头看了看,它比我稍老些
可是,它也是受保护者
那老樟树的翅膀,好像有三十里
毫无疑问,是棵母爱强烈的树
这叫老树盘根,壮心不已
最上面就是天空了,那星星的光辉
争着漏下来。都是些充满好奇的眼
要偷窥我的心事不成

2022年10月31日

渡　轮

因为对彼岸的向往，产生了渡轮
人很闲，渡轮十分繁忙

从木船到铁驳船
从手动摇橹到全自动
渡轮的进步很快。但也只有一个目的
搬运肉体。灵魂跟着肉体走

不能只渡一人
不能只渡亲朋，不渡仇敌
遇到阴风怒号，浊浪排空
能同船相渡的，都是前世缘分

有时站在岸上，也许更好
江水的笑靥，就像贪欢的酒杯
海鸥振翮高飞，留下凄厉的叫声
而芦苇丛摇曳，叙说岁月的不是
登上渡轮，可能就是一种错误

2022 年 11 月 14 日

冬天的盛宴：色彩

黄的，红的，绿的，憔悴的……
到深夜了，我还在回味这些色彩
它们充满许多传说而显得更加崇高
它们组成层次分明的排浪
一波三折地向我眼底奔来

它们是大自然刻意安排的一种贿赂
让我再也恨不起冬天

——我会犯生活上的错误。作为
好色之徒，肉眼凡胎
可以不要岁月丰厚的馈赠，但
不能不喜欢岁月头戴的花冠

冬天。冬天瓦解着人的坚强意志
孰知它也能善解人意。绚烂的色彩
从山麓到山脊，从湖畔到旷野
尽情地铺陈，好像是特地做的补偿

我感觉不到凛凛寒风中的肃杀之气
却看到从余烬中飞出不死的凤凰

2022 年 12 月 16 日

静 气

天气寒冷,我还是忍不住去山里
不是让山岭考验我的脚板
不是去寻找丢失了的梦
不是要投到它的怀里,寻找温暖
我需要大山的那股静气
行走江湖多年,疲于奔命
心里始终驻着一股汹涌的波涛
从不静止,从不休息,时时发作
大山那么大,它什么也不说
让草生着,野火一样蔓延
让树长着,衣袂成荫
大雪压身,不见矮下几分
狂风猛推,不见移动一步
借鸟的嘴,婉转歌唱
借溪流,浅唱低吟
一群蚂蚁,在路边排着长队忙前忙后
根据太阳的角度及树的投影
此时应是下午三四点钟

2022 年 12 月 18 日

相 逢

等待,是一种很痛苦的活
想折磨人,就叫他等待
想让自己难受,就等待人

曾因飞机延误而愤怒
叱责空中管制的各种荒唐借口
曾大声抗议爽约的人——
浪费时间,等于谋财害命

尾生在河边等人。过时仍候着
河水上涨也不撤——
史上第一个为等待而献身的人

航空港会等待
你只能在机场外,目送归鸿
渡口会等待
你只能欣赏千帆远影碧空尽

等待,把脚都等长了

还是那样心甘情愿,为了相逢

2022 年 12 月 20 日

深冬即景

冬至日后,不知何时窃得的火种
寒冷虽然仍在继续
白天明显一天比一天延长
瑟瑟寒风的狠劲也收敛了许多
小区里、银杏树、梧桐树、槠树的叶子
都落光了,光秃秃,一副苦楚的样子
水杉树换了一身黄色外套
搭在它身上的豪华宫殿,成了残垣断壁
兜不住鸟离巢时的哀鸣
樟树、桂花树、冬青的灌木丛
它们一直都有自己的主张,还绿着——
并不说明它们有多坚强,这是本分
柚子树的绿色更诱人。满树的柚子
在空中晃来荡去,示众似的——
岁月荒芜,提醒你我不会有饥馑之虞
再看看那些依附在土地上的小草
它们似乎已泛青,努力举着一片嫩绿
向人们晓示无限的生机和生命的顽强

2022 年 12 月 26 日

后 记

（一）

于我而言，诗歌是一种宗教。

2022年，我写了三百余首诗，几乎每天一首。大家只看到我的勤奋，怎么就没发现我对诗的虔诚？

读书，写诗；写诗，读书。日复一日，乐此不疲，虔诚堪比真正的基督徒、佛教徒。

高中时代接触到新诗。当我读到徐志摩的"最是那一低头的温柔，/像一朵水莲花不胜凉风的娇羞，/道一声珍重，道一声珍重，/那一声珍重里有甜蜜的忧愁——/沙扬娜拉！"少年懵懂的初心为之一振。当我读到普希金的"假如生活欺骗了你，/不要悲伤，不要心急！/忧郁的日子里需要镇静：/相信吧，快乐的日子就会来临！/心儿永远向往着未来；/现在却常是忧郁。/一切都是瞬息，一切都将会过去；/而那过去了的，就会成为亲切的怀恋"，给正在为高考拼搏的我以极大鼓舞。高中时期读诗毕竟有限，但已播下热爱的种子。

进了大学，没了负担，徜徉在知识海洋。适逢20世纪80年代改革开放，外国的优秀文学作品包括诗歌被大量介绍进来，我们读得如饥似渴。那时,伤痕文学正盛行,朦胧诗方兴未艾。许多朦胧诗人如北岛、顾城、舒婷等人的诗没有正式出版物,只有手抄本,字迹模糊,我如获至宝,读得如痴如醉。然后,惊奇发现,现代诗还可以这样写,渐渐进入痴迷阶段。

由于熏陶,由于感染,不再满足于读了,不知好歹,自己竟然也开始创作。社会风气渐开,走向宽松、宽容,学校的社团组织如雨后春笋,我和几位志同道合者也成立了一个叫"自流"的诗社,大家写诗的积极性很高,一个暑假回来,每人都出了一本油印集子。充实又忙碌,一直到大学毕业。

进入社会后,心中的那股爝火依然熊熊燃烧,更觉得自己有一份社会责任。于是,在我的家乡永嘉先是组织"楠江诗社",继而成立"永嘉诗歌学会",搞诗歌大奖赛、诗歌讲座,出版刊物,吸引了一大批诗歌爱好者。大学刚毕业,工资很低,生活清苦,但有诗就有远方,每每想起,那真是一段光辉的岁月。

后因工作变动,或迫于生计,搁下了笔,但只是蛰伏而已。

(二)

写诗不仅仅出乎抒情的需要,更是一种自我挑战。

英国著名作家毛姆在其小说《寻欢作乐》中写道:"文学的最高形式是诗歌。诗歌是文学的终极目标。它是人的心灵最崇高的活动,它是美的结晶。在诗人经过的时候,散文作家只能让到一旁；在诗人的面前，我们那些最优秀的人物看上去却像一块干酪似的无足轻重。"把诗推到无出其右的地位，把诗人推到了令人骄傲的地位，这是一种谦虚，抑或真的出于热爱。

作为一种文学艺术，诗歌当得起这种表扬，何况是最早出现的文学形式。它一直在追求形式的突破，调整自己的角度，更好地对焦时代。从我国的诗歌发展历史来看，从第一部诗歌总集《诗经》开始，到骚体、汉乐府、格律诗，再到现代诗，每前行一步都是那么艰难，都要付出几百年，甚至上千年的时间。社会在发展，文明在进步，单一的民谣显然满足不了复杂的感情，只能不断调整自己，从否定之否定中凤凰涅槃。诗歌形式发展到现在，不纯是诗人的摆弄，是社会已发展至此而已。

我们永远能看见诗人在每个时代的身影，他们歌哭歌笑，记录喜怒哀乐，记录时代的悲欢，他们用自己的作品来丰富贫乏的精神世界，开垦、拓展精神家园，推动文明不断发展。没有荷马的《荷马史诗》，没有赫西俄德的《工作与时日》，古希腊的文明将大打折扣。公元前5世纪著名的古希腊历史学家、号称欧洲历史之父的希罗多德在其《历史》中说，"我们都生活在荷马和赫西俄德的气息之中，我们所有的教养都是从荷马和赫西俄德那儿获得的"，强调了诗人不可代替的作用。

作为个体的诗人，他们是痛苦的，不仅要接受情感的煎熬，更是为追求完美的表达所困扰。对诗人来说，他最好的作品永远在下一首。他们字斟句酌，他们小心翼翼，所以王安石受"春风又绿江南岸"或"春风又到江南岸"折磨,贾岛为"僧推月下门"或"僧敲月下门"所困。千古以来,那么多诗流传于世,每个诗人都付出了莫大的努力。

(三)

诗歌是生命的艺术,它根植在现实生活中,根植在每个人的心灵上,就是说生命和生活是它厚实的土壤,这是所有艺术的共性。所以罗曼·罗兰才说:"所有的艺术都是发扬生命的,死亡之地没有艺术。"

关注人的命运,关注人的悲欢,歌颂该歌颂的,揭露该揭露的,谴责该谴责的,这是作为一个诗人应尽的责任,这也是诗歌的生命力所在。我们要面对现实,不应回避现实,关注每一个微笑、每一种痛苦、每一滴眼泪、每一滴血。不关注不等于不存在。我在读一些诗作时,寻找它们表达了什么,并以此作为一首诗好坏的标准。每个人活在世界上都应该有自己的观点,诗人更应如此。有所表达,这是对诗人的基本要求。

有所表达,这也是我写诗的出发点。

写什么和怎么写,是诗歌的两极。怎么写是诗的表现能力,是诗的艺术感染力;写什么则是诗的实质,诗的生命。诗应该以内容取胜,单单的技巧不过是哗众取宠而已。"质胜文则野,文胜质则史。文质彬彬,然后君子。"孔夫子说得对,对艺术来说,就是要取得两者的平衡。但这需要多大的情怀，多高的艺术素养啊。

我不敢说我的每一首诗都很优秀，有些甚至很烂，但我从不敢忘记作为诗人的责任。我所写的大都是萃取以往的经历，冥思苦想，边走边想，把看到的、想到的都倾注笔端。这也许会遭到诟病，但绝不是我放弃的理由。这也不是我故作清高、故装情怀，生性如此而已。

我观历史上的伟大诗人，不外乎两种。一种是"位卑未敢忘忧国"，唐代的边塞诗人就属于此类；一种是"愤怒出诗人"，屈原便是代表。

我的每一首诗都是我最真实感情的表达，没有宏大叙事，只有日常生活。万物皆可入诗，万物都是我情感的道具。我接受所有的批评，他们都出乎善意，我会继续努力，不负厚望。

（四）

每个人都是当代人，情感与当代息息相通。

读《诗经》就像读商周历史。《诗经》记载了周族从姜嫄、后稷以来的多篇史诗，包括周族早期历史，文王确立剪商大计，武王的灭商战争，周公平定三监之乱，以及商文化的改造等。没有《诗经》记载，商周的众多历史事件将掩埋在厚厚的尘埃中。我们之于未来，就像《诗经》之于我们，诗就是史。每个诗人都是历史的记录者。

古希腊苏格拉底或柏拉图则有更绝的说法,认为诗人是神的代言人。

柏拉图在《伊安篇》里借他的老师苏格拉底之口说:"那些美妙的诗歌不是人的,而是神的,来自神;诗人什么都不是,只是众神的代表,被依附他们的东西占有了。"诗人在缪斯的幽谷和花园里,在那流蜜的清泉旁采集诗歌。每一位诗人都能美妙地创作,只要有缪斯的推动,有的能创作酒神诗,有的能创作颂神诗,有的能创作史诗,有的能创作格诗。但是人们的创作不是凭借对技艺的精通,也不是对主题有多少精确的把握,而是某种神力。

为了让诗人代言,神剥夺了诗人的理智,只要有理智,人就缺乏写诗或者发预言的能力。抒情诗人创作那些美妙诗句时头脑并不清醒,而是一旦开启和谐与韵律的航程,就充满了酒神酒徒般的疯狂。

神把诗人当仆人来使用。真正说话的是神本身,神通过诗人把声音传达出去。

但一首诗的完成,诗人不过是第一环节,还有吟诵者和观众。诗人是神的代言人,吟诵者是诗人的代言人,解释诗人的话语。

神的代言人,有点拔高之嫌,但也说明诗人的崇高职责。

为什么要写诗?我一直很困惑,难道仅仅是做一些记录工作?

谢谢任峻兄把我重新带进诗坛。谢谢小波、天界、冰水诸兄时常指导。谢谢龚艳师妹对诗集《时间的抽屉》所做的艰苦付出，从诗稿收集到分类，她贡献了自己宝贵的时间。谢谢郁葱兄拨冗为拙作写序，他优美的文字必能增光添彩，中肯的建议必将是我继续努力的动力。

《时间的抽屉》是我 2022 年的诗作。我一直在寻找为什么写诗的答案，也一直在努力想把诗写得更好。这本集子是我努力的结果。本书共分四辑，诗作的编排没按时间顺序，均依情感的内部逻辑。

我想对缪斯说："你是我的女神，为你付出一切，却让我那么痛苦。"

2023 年 4 月 21 日